『令和5年度児童文学連続講座講義録』の刊行に際して

　国際子ども図書館では、国立の児童書専門図書館として、児童サービスに従事している図書館員等の方々を対象に、国内外の児童書・児童文学に関する幅広い知識のかん養に資するため、平成16年度からほぼ毎年度、「児童文学連続講座」を開講しています。令和4年度までの過去18回の連続講座では、初回テーマ「ファンタジーの誕生と発展」を始めとして、児童文学に関わる多様なテーマを取り上げてきました。これまでの児童文学連続講座の概要および講義録については、当館ホームページにも掲載しております。詳しくは、次のURLをご参照ください（https://www.kodomo.go.jp/about/publications/outline/index.html）。

　令和5年度の児童文学連続講座は、「幼年童話の可能性―聞いて、読んで、物語の世界へ―」と題し、令和5年10月16日および17日に実施したオンラインによるライブ配信と、後日録画配信の併用形式とし、1講義単位での受講も可能といたしました。広く全国各地から、関心をお持ちの方にご参加いただけたのではないかと思っております。企画に当たっては、客員調査員を委嘱している藤本恵先生（武蔵野大学教授）に監修をお願いしました。幼年童話とは何なのかという概論、幼年童話で描かれるジェンダー、幼年童話の人間形成上の意義、子どもたちに長く支持されるシリーズについて、幅広く先生方にお話を伺ったほか、受講者同士が幼年童話や子どもの読書について語り合うディスカッションの科目も設けました。なお、当館からは「国際子ども図書館の小学生向けサービス」と題して、幼年童話の主な対象と考えられる小学生や学校、学校図書館に対して当館が提供している各種サービスについてご紹介しました。

　本書は、各講師の語り口をそのままに記録した講義録です。各講義録には、講義で使用したレジュメと、講義で紹介された資料や参考資料のリストを併せて収録しました。様々なご事情から受講することができなかった方、受講した内容を再確認して研究を深めたい方など多くの方々に、本講義録をご活用いただければ幸いです。今回の連続講座が、子どもたちに本を手渡す上での新たな視点を得るきっかけとなることを願っています。

　末尾ながら、監修および講師をお引き受けくださった藤本恵先生、そして講師をお引き受けくださった佐々木由美子先生、宮下美砂子先生、米川泉子先生に厚く御礼申し上げます。

　令和6年9月

国立国会図書館国際子ども図書館長
上　保　佳　穂

凡例

○ 本書は、令和5年10月16日および17日に国際子ども図書館で開催した「国際子ども図書館児童文学連続講座」（総合テーマ：幼年童話の可能性―聞いて、読んで、物語の世界へ―）を基に編集した講義録です。

○ 各講義の「レジュメ」および「資料リスト」を巻末に掲載しました。それぞれ刊行に際し、必要に応じて改訂を行っていますので、当館ホームページに掲載されたものとは異なる場合があります。

○ 「資料リスト」は、講義の参考として講師が挙げた資料のリストです。国立国会図書館に所蔵のない資料を含め、原則として「国立国会図書館サーチ」等の書誌情報を掲載しています。

○ 「資料リスト」の「請求記号」の項には、国立国会図書館で付与している請求記号を記載しました。

○ 「資料リスト」および脚注に記載の資料に関する情報は、令和6年6月12日現在のものです。

○ 本講義録におけるインターネット情報の最終アクセス日は、令和6年6月12日です。

○ 講義等の記録・配布資料等における意見にわたる部分は、講師等の個人的な見解であり、国立国会図書館の見解ではありません。

令和 5 年度国立国会図書館国際子ども図書館児童文学連続講座講義録

「幼年童話の可能性―聞いて、読んで、物語の世界へ―」

目　次

『令和 5 年度児童文学連続講座講義録』の刊行に際して
　　　　　　　　　　　　　　　　　　　　上保　佳穂 ……… 1

凡例　　　　　　　　　　　　　　　　　　　　　　　 ……… 2

講座概要　　　　　　　　　　　　　　　　　　　　　 ……… 4

講師略歴　　　　　　　　　　　　　　　　　　　　　 ……… 5

はじめに　　　　　　　　　　　　　　　　　　　　　 ……… 7

幼年童話概論　　　　　　　　　　　　佐々木　由美子 ……… 9

幼年童話にみるジェンダー
―育児の描かれ方を中心に―　　　　　　宮下　美砂子 ……… 29

子どもの人間形成と幼年童話　　　　　　米川　泉子 ……… 45

幼年童話人気シリーズに学ぶ
子どもの心のとらえ方、ひろげ方　　　　藤本　恵 ……… 57

国際子ども図書館の小学生向けサービス　　小平　志保 ……… 69

巻末参考資料（レジュメ・資料リスト）　　　　　　 ……… 77

講　座　概　要

令和5年度国立国会図書館国際子ども図書館児童文学連続講座

総合テーマ「幼年童話の可能性―聞いて、読んで、物語の世界へ―」

○講義日程　令和5年10月16日(月)～17日(火)
○録画配信日程　令和5年11月21日(火)～令和6年3月31日(日)

	内　容	講　師
10月16日	幼年童話概論	佐々木　由美子 (東京未来大学教授)
	幼年童話にみるジェンダー ―育児の描かれ方を中心に―	宮下　美砂子 (小田原短期大学特任准教授)
	グループディスカッション ―幼年童話と子どもの読書	モデレーター：藤本　恵 (武蔵野大学教授、国立国会図書館客員調査員)
10月17日	子どもの人間形成と幼年童話	米川　泉子 (金沢学院大学准教授)
	幼年童話人気シリーズに学ぶ 子どもの心のとらえ方、ひろげ方	藤本　恵 (武蔵野大学教授、国立国会図書館客員調査員)
	国際子ども図書館の小学生向けサービス	小平　志保 (国立国会図書館国際子ども図書館児童サービス課課長補佐)

※Microsoft Teamsを用いたオンライン形式で開催し、参加者は、希望する科目を選択して受講しました。
※講師の肩書きは、連続講座当時のものです。
※グループディスカッションの内容は、本講義録には含まれません。

講師略歴
（五十音順、敬称略）

佐々木　由美子（ささき　ゆみこ）
　白百合女子大学大学院児童文学専攻修士課程修了、同博士課程満期退学。鶴川女子短期大学（現フェリシアこども短期大学）を経て、東京未来大学こども心理学部教授。主な研究分野は児童文化・文学、幼児教育。特に絵本や幼年文学。令和元年度児童文学連続講座「幼年童話事始め」講師。
- **著書**　『絵を読み解く　絵本入門』（共著，ミネルヴァ書房，2018）
　　　『現代日本子ども読書史図鑑』（共著，柊風舎，2022）等
- **論文**　「幼年文学史研究—試論・解題稿—」（『日本児童文学史の諸相　試論・解題稿』白百合女子大学児童文化研究センター，2003）
　　　「幼年文学における〈シリーズ〉と〈食〉—「ぼくは王さま」と「くまのパディントン」シリーズを中心に—」（『東京未来大学研究紀要』15，2021）等

藤本　恵（ふじもと　めぐみ）
　お茶の水女子大学大学院人文科学研究科日本文学専攻修士課程修了、同大学院人間文化研究科比較文化学専攻（博士課程）単位取得退学。都留文科大学を経て、2019年4月から武蔵野大学文学部日本文学文化学科教授。専門は日本児童文学、童謡など。2022年4月から国立国会図書館客員調査員。
- **著書**　『掘りだしものカタログ3　子どもの部屋×小説』（明治書院，2009）等
- **論文**　「雑誌『少女の友』詩欄の推移：口語詩・童謡・小曲・少女詩」（『日本近代文学』89，2013）
　　　「現代詩歌と子どもの言葉：雑誌『赤い鳥』と田中千鳥から百年」（『日本現代詩歌研究』13，2018）等

宮下　美砂子（みやした　みさこ）
　千葉大学大学院人文社会科学研究科博士課程修了。博士（文学）。千葉商科大学サービス創造学部非常勤講師、小田原短期大学保育学科特任講師を経て、2023年から小田原短期大学保育学科特任准教授。専門分野は、絵本研究、近現代表象文化研究、ジェンダー研究。
- **著書**　『いわさきちひろと戦後日本の母親像—画業の全貌とイメージの形成』（世織書房，2021）等
- **論文**　「絵本を教材としたジェンダー教育の可能性：『ピンクがすきってきめないで』を活用した保育者志望の学生への講義を通して」（『絵本学会研究紀要』21，2019）
　　　「幼年文学にみるジェンダー：育児の描かれ方から考える」（『日本児童文学』66(4)，2020）等

米川　泉子（よねかわ　もとこ）
　上智大学大学院総合人間科学研究科教育学専攻博士後期課程満期退学。聖霊女子短期大学専任講師、目白大学専任講師を経て、2017年から金沢学院大学文学部教育学科（2022年4月教育学部に改組）准教授。専門分野は、教育哲学、幼年童話、絵本学、保育学、幼児教育思想。現在の研究テーマは遊びを通じた想像力の育成と人間性の涵養。
- **著書**　『子どもの心によりそう保育原理　改訂版』（共著，福村出版，2018）
　　　『ワークで学ぶ教育学　増補改訂版』（共著，ナカニシヤ出版，2020）等
- **論文**　「絵本と児童文学のはざまにある幼年童話を考える」（『聖霊女子短期大学紀要』41，2013）「曖昧な存在としての幼年童話を考える—幼年期の曖昧性—」（『聖霊女子短期大学紀要』42，2014）等

はじめに

藤本　恵

　子どもが読むものは成長につれて、絵が中心の絵本から、文章が中心の童話や小説へと、少しずつ変化していきます。幼年童話はその間にあって、絵本から児童文学への橋渡しをするものと位置付けられます。大人の音読を聞いて楽しむことも、子どもが自分で黙読して楽しむこともできるものです。

　一方で、図書館や学校で児童書に携わる方からはよく「子どもたちは、絵本は喜んで読む（見る／聞く）けれど、なかなかその先の読書につながらない…」といった悩みをお聞きします。今年度はこの課題に注目し、「幼年童話の可能性―聞いて、読んで、物語の世界へ―」をテーマとして、小学校低学年前後の子どもたちのための文学について考えたいと思います。

　まず、総論として、東京未来大学の佐々木由美子さんから、「幼年童話概論」と題してお話をいただきます。そもそも幼年童話とはどのようなジャンルなのか、その歴史や特徴を概観しましょう。

　次に、小田原短期大学の宮下美砂子さんから、「幼年童話にみるジェンダー―育児の描かれ方を中心に―」と題してお話をいただきます。昨今、社会的にも注目が集まっているジェンダーの視点から幼年童話を読み解くと、どのようなことが見えてくるでしょうか。

　その次は、金沢学院大学の米川泉子さんから、「子どもの人間形成と幼年童話」と題してお話をいただきます。教育哲学の観点から、幼年童話が子どもの人間形成にどのように関わってくるのかを教えていただきます。

　続いて私からは「幼年童話人気シリーズに学ぶ　子どもの心のとらえ方、ひろげ方」と題してお話しします。子どもたちに長く親しまれている幼年童話のシリーズについて、その特徴や子どもに支持され続ける理由を考えてみたいと思います。

　そして、国際子ども図書館の小平志保さんから、「国際子ども図書館の小学生向けサービス」と題して、国際子ども図書館の児童サービスについてもご紹介します。

　このほか、この講義録には含まれておりませんが、講座当日には、参加者の皆さんにオンラインでグループディスカッションをしていただく科目も設けました。

　この講座を通して、子どもたちと一緒に、絵本の先にある読書の世界へ入っていくには何が必要なのか、皆さんと考えていきたいと思っています。

幼年童話概論

佐々木　由美子

はじめに
Ⅰ　声の文化と文字の文化
　1　声の文化の衰退
　2　あわいとしての幼い子の文学
　3　語ることから生まれたもの
Ⅱ　幼い子の文学の独自性
　1　幼い子どもの発想と思考
　　（1）　自己中心性とアニミズム
　　（2）　直感的思考
　　（3）　楽天的世界観
　2　物語の受容―大人の読み・子どもの読み
Ⅲ　幼年童話の誕生と変遷
　1　お伽話期の幼児向け作品
　2　芸術性と幼年童話
　3　はっきりとわかりやすく面白いこと
　4　子どもたちの好きなものとシリーズ
　5　ひろがる幼年童話
Ⅳ　幼い子どもたちとともに
　1　作品のなかで遊ぶことの価値
　2　世界の豊かさ・あたたかさ
　3　これ、わたしのお話
おわりに

　幼年童話とは何でしょうか。幼い子どもを読者対象とした幼年童話は、児童文学の中でも最も児童文学らしく、それゆえの制限や難しさを併せ持っています。本講義では幼年童話の成り立ちや変遷、特徴や魅力などを明らかにしていきたいと思います。あわせて幼い子どもにとっての文学とは何かについても考えてみましょう。

幼年童話概論

はじめに

ただいまご紹介いただきました、東京未来大学の佐々木です。

今回、「幼年童話の可能性―聞いて、読んで、物語の世界へ―」という幼年童話の連続講座が開催されましたこと、とても嬉しく思っております。幼年童話の重要性については古くから指摘されてきましたが、なかなか研究が進まない分野です。私は、幼年童話は一番基本的で、一番大切なことを、一番分かりやすく語る文学だと考えています。今日は幼年童話概論として、日本の幼年童話を中心に幼年童話の特徴や魅力、その歴史的変遷をたどっていきたいと思います。

Ⅰ 声の文化と文字の文化
1 声の文化の衰退

さて、児童文学の中でも特に幼い子どもを対象とした幼年童話は、親しい大人から読んでもらって受容する耳で聞く文学という面と、初めて1人で読む文学という2つの面を持っています。声の文化と文字の文化と言い換えてもいいかと思います。近年、この声の文化が衰退しつつあります。昔話などが語られる「語りの場」も家庭からは失われていきました。また明治期まで、新聞、雑誌や書籍は、音読するのが一般的で、家庭内においても、また1人で読むときにも声に出して読まれていました。声の文化が浸透していたわけです。音読が禁止されたのは、明治5（1872）年、日本初の官立図書館においてです。しかし、音読の習慣は明治末になっても残っており、汽車や電車内には必ず、少年たちが物語を音読する様子が見られたといいます。黙読が一般化していく中で、大正期には公共の乗り物内での音読も禁止されるようになっていきます。現代は、まさに視覚優先の社会だろうと思います。

2005年に実施されたベネッセの幼児生活の実態調査[1]によると、自分の名前が読める3歳児は4割弱でした。ところが、2016年に発表された調査[2]では、かな文字を読める3歳児は66.8％と7割に迫る勢いで、しかも自分の名前を書くことができる3歳児も5割近くになっています。また、子育てで大切にしていることに関する調査[3]では、友達と一緒に遊ぶことや自然と触れあうことはこの10年で1～2割減少している一方で、数や文字を学ぶことを重視している保護者は1割以上増加していることが分かります。

絵本は大人が声に出して読んであげることがだいぶ浸透した分野だとは思いますが、それでも文字学習のためと考えられていたり、文字を読めるようになると、自分で読みなさいと言われたりすることが多いです。文字が読めるようになることと、物語が楽しめるようになることは違います。1文字1文字を読めても、物語全体を理解し楽しむこととは、だいぶ隔たりがあります。

翻訳家であり児童文学研究者の瀬田貞二（1916-1979）氏は、「母親が子どもがまだ物心のつかないうちから歌う童唄のたぐい、子守唄のようなものが、いちばん大切で、児童文学の第一歩、その基本じゃないか」[4]と言っています。まず、言葉は文字である前に声です。赤ちゃんが周囲の大人が語りかける言葉や歌いかける言葉を聞いて世界を認識し、全幅の信頼を寄せて、

---

1 「第3回 幼児の生活アンケート・国内調査 報告書[2005年]＞第7節 幼児の発達状況」（ベネッセ教育総合研究所）
   < https://berd.benesse.jp/berd/center/open/report/youjiseikatsu_enq/2005/pdf/03youjiseikatsu_enq03_7.pdf >
2 「幼児期から中学生の家庭教育調査・縦断調査＞小1までの調査結果（2015年3月調査）速報版」（ベネッセ教育総合研究所）
   < https://berd.benesse.jp/up_images/textarea/20160308_katei-chosa_sokuhou.pdf >
3 「第6回 幼児の生活アンケート ダイジェスト版[2022年]＞報告書」（ベネッセ教育総合研究所）
   < https://berd.benesse.jp/up_images/research/WEB%E7%94%A8_%E7%AC%AC6%E5%9B%9E%E5%B9%BC%E5%85%90%E3%81%AE%E7%94%9F%E6%B4%BB%E3%82%A2%E3%83%B3%E3%82%B1%E3%83%BC%E3%83%88_%E3%83%80%E3%82%A4%E3%82%B8%E3%82%99%E3%82%A7%E3%82%B9%E3%83%88%E7%89%88.pdf >
4 瀬田貞二 著『幼い子の文学』中央公論社, 1980, pp.58-59.

言葉と心を育んでいくように、幼年童話の読者たちも、その延長線上の「耳の時代」、つまり「声の文化」の中にいます。人の体を通って出てくる「声としての言葉」は、体温を持った生きた言葉です。言葉を発する人の息遣い、表情、思いや愛情のこもった温かい言葉です。この声としての生きた言葉が、人を人として成長させていくのです。瀬田氏は、上述の『幼い子の文学』(1980, 資料リスト1)の中で、わらべうたや言葉遊びも取り上げて幼い子の文学とは何かを論じています。児童文学の中でも、最も幼い子どものための幼年童話を考える上で、とても大切な視点だと思います。

2 あわいとしての幼い子の文学

幼年童話の中心読者は、あわいに存在しているといえます。文字を持たない、あるいは文字を習得中の段階、つまり声の文化と文字の文化のあわい。そして幼年童話自体が「聞く文学」と「読む文学」のあわいに立っていると言えます。『児童文学事典』(1988)では、「幼年童話」は「幼児・幼年期（就学前〜小学一・二年ごろ）の子どもを読者対象とした文学を幼年童話と呼ぶ。就学前幼児のための読み聞かせ童話を「幼児童話」として区別する場合もある。雑誌「赤い鳥」が昭和初期に幼年読み物と名づけて、片かなに平易な漢字混じりの童話を発表したのが幼年童話の先駆といわれている。」[5]と定義されています。この定義はかなり曖昧だと思われませんか。これだと同じ作品でも「幼年童話」と呼ばれたり、「幼児童話」と呼ばれたりすることが起こりえます。また、ここでは、幼年童話が昭和の初期に誕生したと書かれています。何をもって幼年童話とするのかという問題と関わってきますが、幼い子どものための作品は、明治期にはすでに書かれています。幼年童話の変遷については、後ほど述べていきたいと思います。

こうした状態を「幼年童話の二重構造」と呼んだのが上笙一郎（1933-2015）氏です。幼年童話の歴史を振り返った時に、耳で聞く文学と、文字で読む文学が「まじわることのない二本の線として、発達して来てしまっているのだ」[6]と、述べています。

繰り返しになりますが、まだ耳の時代にいる幼い子どもにとって、自分で読むより、読んでもらって受容する方が、より自由に物語を楽しむことができます。宮川健郎氏は「聞くことのコップ」ということをおっしゃっていて、『ひとりでよめたよ！幼年文学おすすめブックガイド200』(2019, 資料リスト7)の中で「子どもたちの体のなかには、「聞くことのコップ」とでもいうべきものがあって、そのコップに読んであげる声をずーっと注ぎこんでいくと、やがて、いっぱいになる。「聞くことのコップ」がいっぱいになったとき、その子は、ようやく自立した読者になるのではないでしょうか」[7]と述べています。今は、聞くことのコップが満ちる前に、早く早くと文字の世界に入らせようとしているのではないかと思います。語りの活動をしている伊知地晃子氏は、2人のお子さんに、ずっと読み聞かせをしてきたことを振り返り、「とっくに自分で読めるようになっても、上の子は「自分で読むのと聞くのとは違うんだ。聞いていると頭の中で絵が動く」と言って、弟が選ぶ本を一緒に楽しんでいました」[8]と語っています。下の子が10歳頃まで読み聞かせをしていたということですから、上の子はすでに小学校高学年だったと思います。こんな風に、ゆったりとした声の読書を楽しむことができるのはすてきなことです。特に幼い子を対象とした幼年童話にとっては大切だと思います。

---

[5] 日本児童文学学会 編『児童文学事典』東京書籍, 1988, p.791.
[6] 上笙一郎「幼稚園九十年と児童文化」『保育の手帖』12（2）フレーベル館, 1967, p.11.
[7] 大阪国際児童文学振興財団 編『ひとりでよめたよ！幼年文学おすすめブックガイド200』評論社, 2019, p.3.
[8] 伊知地晃子「肉声とまなざし」子どもの文化研究所 編『子どもの文化』55（4）（619）, 2023, p.5

一方、あわいに立つ幼年童話には、初めて1人で読む文学という要素もあります。幼年童話は、幼い子どもの心の在りように沿い、なおかつ1人でも楽しめるような配慮がされている作品もたくさんあります。「こんなに厚い本よんじゃった～。おもしろかったあ」と1冊読み終えた満足感・達成感はこの時期の子どもにとって、とても大切なステップだろうと思います。

3　語ることから生まれたもの

さて、先ほど幼年童話の二重構造を指摘した上笙一郎氏の言葉を紹介しましたが、現代の幼年童話は、聞く文学への歩み寄り、聞く文学と読む文学という2つの線が交わろうとする中で誕生してきたという風に考えています。例えば、福音館書店の雑誌『母の友』が果たした役割です。

福音館書店の松居直（1926-2022）氏といえば、月刊絵本『こどものとも』を創刊し、現代絵本の基礎を築きましたが、実は幼年童話においても大きな功績を残しています。『母の友』は、1953年9月に創刊されました。創刊にあたって、子どもはお話を聞くのが好きだということと、当時広く読まれていた上沢謙二（1890-1978）の『新幼児ばなし365日』（1936）に着想を得て、「子どもに聞かせる一日一話」を雑誌の主体に置いたのです。かねてから従来の童心主義的な幼年童話や生活童話を批判的に捉えていた松居氏は、言葉で批判するのではなく、「『母の友』で、もっと生き生きした、子どもが本当に楽しく思うような作品を出していくことで示そうと思っていました」[9]と述べています。

童話を語って聞かせることを何よりも大切に考えていたことは、初期の「一日一話」の書き手に、上沢謙二をはじめとする口演童話家が多かったことからも窺われます。そして、この「一日一話」から数々の幼年童話作品と、新たな書き手をも誕生させていきます。「一日一話」は家庭だけではなく、保育者にも好評でした。これが『幼児のための童話集』（1955）や『こどものとも』へとつながっていったわけです。『母の友』誌上でも、「「こどものとも」は「母の友」とは一体をなすもので、「母の友」の童話を絵本にしたものです」[10]と紹介されていますが、実際「一日一話」には、のちに絵本や幼年童話として単行本化された作品が数多く見られます。例えば、瀬田貞二訳の『三びきのやぎのがらがらどん』（1965）もそうですし、中川李枝子文・大村百合子（1941-2022）絵の「たまご」は『ぐりとぐら』（1967）として絵本化されています。そのほか、幼年童話では、寺村輝夫（1928-2006）の『おしゃべりなたまごやき』（1972）や、中川李枝子の『ももいろのきりん』（1965、資料リスト33）、神沢利子の『ちびっこカムのぼうけん』（1961）、松谷みよ子（1926-2015）の作品なども『母の友』から誕生しています。

Ⅱ　幼い子の文学の独自性

1　幼い子どもの発想と思考

さて、幼年童話の歴史的なお話に入る前に、幼い子の文学の独自性についてお話ししたいと思います。幼年童話は、短く、簡単に書けそうに思えますが、実は児童文学の中でも創作が難しく、傑作も少ない分野です。加えて、書評や研究も少ないのが実情です。児童文学作家の川崎大治（1902-1980）は、「大きい子どもへの作品なら、小説家でもかけないことはないが、幼年のためにかくということになると、全く特別の能力が必要である。それこそほんとうの児童文学作家でなければ、出来ない、ちょっとおそろしいほどの仕事でもある」[11]と述べています。

9　松居直 著『松居直自伝：軍国少年から児童文学の世界へ』ミネルヴァ書房, 2012, p.151.
10　『母の友』（31）福音館書店, 1956, p.43.
11　川崎大治「幼年童話の創作方法」日本児童文学者協会 編『日本児童文学』4（9）（35）, 1958, p.42.

こうした認識は海外でもそう変わらないようです。ドロシー・バトラー（Dorothy Butler, 1925-2015）は、「五歳から八歳向けの本は―書くのがむずかしく、書評がむずかしく、売るのもむずかしい―文学の空白地帯」[12]という言い方をしています。

　なぜ、創作が難しいのか。それは中心読者である幼い子どもが、大人である私たちから遠く離れたところにあるからです。かつて私たちも子どもで、「内なる子ども」あるいは「子ども性」といったものは今なお私たちの中にも存在しています。それにも関わらず、大人でいる時間が長くなると、幼い頃の感性や感覚がだんだん遠いものになっていきます。私自身も大学院生時代、先輩から『いやいやえん』のどこが面白いの？と聞かれたことがあります。その先輩は、「大人になってから『いやいやえん』を読んだので面白さが分からない」と言うのです。確かに、幼年童話には出会うべき時期というものがあると思います。幼い頃宝物のように思って集めていたリボンやかわいい包装紙が、大人になったときに、大して価値のないものに思えるのと同じで、幼い頃には確かに心奪われた出来事なのに、大人になると響いてこないということはあります。幼年童話を考える上で、幼い子どもの心の在りよう、世界の見方、感じ方、物語の捉え方を知っておく必要はあります。

（1）　自己中心性とアニミズム

　次に、『こどものことば』（1987, 資料リスト8）から、子どもたちの世界の見方を探ってみましょう。まずは、4歳の男の子の言葉です。夜、どうしてお日様がいなくなるのかずっと考えていたのでしょう。その子は自分で結論を出しています。

　　あっ　そうか　おかあさん
　　おひさまも　よるは　ねむくなるんだね
　　ぼくとおなじだね[13]

次に、6歳の女の子の言葉です。

　　こんなに　あめばっかり　ふってると　あたし
　　おひさまが　ズルしてるみたいにおもえちゃう[14]

最後は、8歳の女の子の言葉です。

　　ふうせんって　どこへいっちゃうのかな？
　　おそらがたべちゃうのかな？
　　なにいろがおいしいんだろ？[15]

こうした子どもたちの言葉からも分かるように、幼い子どもの特徴として、自己中心性が挙げられます。自己中心性というのは自分勝手という意味ではなく、自分以外の視点を持たないということです。周囲の人やものも、自分と同じ視点で世界を知覚していると考えるのです。

12　ドロシー・バトラー 著, 百々佑利子 訳『5歳から8歳まで：子どもたちと本の世界』のら書店, 1988, p.15.
13　ぐるーぷ・エルソル 編『こどものことば：2歳から9歳まで』晶文社, 1987, p.102.
14　同p.99.
15　同p.91.

つまり、お日様が夜に姿を見せないのは、自分が夜に眠くなるのと同じように、お日様も眠くなるのだと考えます。こうしたものの見方がアニミズム的な世界につながっています。生物・無生物を問わず、自分がご飯を食べたり、お友達と遊んだり、夜眠ったりするように、あらゆるものに命があり、自分と同じように喜んだり、悲しくなったりするのだと考えるのです。皆さんは、なぜお日様が夜にいなくなるのかと幼い子に聞かれたら、どう答えますか。小学校の高学年くらいの子どもだったら、地球が自転してね、という説明をするかもしれません。ですが、やはり幼い子には幼い子の心にすとんと落ちるような言葉があるのだと思います。幼年童話は、まさにアニミズムの世界です。ありとあらゆるものが命を持ち、感情を持ち、私たちにこの世界の在りようを見せてくれます。

(2) 直感的思考

　次に、2点目の特徴として、直感的思考というものもあります。別の言い方をすると、保存の概念を持たないということになります。保存の概念というのは、ものの見た目が変わっても本質は変化しないという概念です。例えば、幅広いコップと細長いコップに同じ量のジュースを注いだとします。どちらも同じ量なのですが、幼い子どもは見かけの情報に左右され、細長いコップに入った、水面が高いジュースの方が多いと判断します。つまり、見かけの真実がそのまま幼い子どもにとっては真実なのです。

　ヘレン・バンナーマン（Helen Bannerman, 1862-1946）の『ちびくろさんぼ』（資料リスト14）という作品があります。日本では1953年に、フランク・ドビアス（Frank Dobias, 1902-没年不詳）の絵と光吉夏弥（1904-1989）の訳で岩波書店から出版されています。人種差別問題等があり1980年代に一斉に絶版措置が取られますが、子どもたちの大好きな作品でした。しかも、現代の幼年童話の誕生期には、この『ちびくろさんぼ』こそが幼年童話の理想だという言われ方もよくされました。それだけ幼い子どもたちに支持された作品だったのです。子どもの頃の私にとってなんといっても一番心がときめいたのは、トラが溶けてバターになる場面でした。トラたちがけんかしてぐるぐるぐるぐる木の周りを回っているうちに溶けてバターになってしまう。そのつやつやの黄色いバターがなんとも美味しそうでした。ところが、大人になってから『ちびくろさんぼ』に出会うと、トラが溶けてバターになるという部分がどうやら納得できないようで、「どこが面白いのか分からない」と疑問を口にする大人はいます。実は、大正期の児童芸術雑誌『赤い鳥』を創刊した児童文学者の鈴木三重吉（1882-1936）も、『赤い鳥』誌上でこの『ちびくろさんぼ』を「虎」というタイトルで紹介しているのですが、そこではトラが溶けてバターになる場面がありません。削除されているのです。谷本誠剛（1939-2005）は『児童文学とは何か』（1990, 資料リスト2）の中で「大人にとって予想外と思えることは、実は子どもの心の「論理」そのものにそっている場合が多いのである」[16]と述べていますが、このトラが溶けてバターになるという、大人からしたらありえないような展開は、幼い子どもにとっては子どもの論理そのものに沿っているのではないでしょうか。

(3) 楽天的世界観

　そして、3点目の特徴として、楽天的世界観があります。子どもの言葉から幼い子どもの心の在りようや幼い子どもの論理を探ったチュコフスキー（Korney Chukovsky, 1882-1969）は、『2歳から5歳まで』（1996, 資料リスト6）の中で、「二歳から五歳までのこどもは例外なく、生

---
[16] 谷本誠剛 著『児童文学とは何か 物語の成立と展開』中教出版, 1990, p.47.

活は喜びと無限の幸せのために作られていると信じており、信じたがっています。この信念は、こどもの正常な精神発達の重要な条件の一つなのです」[17]と述べています。これも幼年童話を考える上で重要だと思います。例えば、ハンス・ウィルヘルム（Hans Wilhelm）の『ずーっとずっとだいすきだよ』（1988）という絵本があります。大好きな犬との死別を描いた作品です。学生がこの絵本を子どもたちに読み聞かせたところ、大人なら最後はしんみりしてしまうようなお話なのに、子どもたちは動物がたくさんいるページで「きんぎょがいる！」「とりもいる！」と動物の絵に夢中になって、しんみりというより、ざわざわした空気で読み終わったと言います。もちろん子どもたちも何かを感じ取ったのだと思いますが、大人とは違った形なのではないかと思います。

　ほかにも「あの　しんだおばあさん　いまごろ　なにしてるかなあ？」とつぶやいた5歳児に、「うーん、なにしているんだろうね。」としんみりとした返事をしたら、返ってきたのはこんな返事でした。「あのね　がったいして　かっこいいロボットになって　みんなでうたなんかうたっているんじゃない」[18]。とても明るい、楽しい、オプティミスティックな世界観です。幸せな結末という楽天的な世界観は、幼い子の心の在りようを示したものだと思います。

　こうした楽天的な世界観から、魔術的思考による魔術的なファンタジーも誕生してきていると言えます。魔術的思考というのは、論理的な思考ではなく、「こうなったらいいな」という主人公の願望を無条件に成就させるものです。紙で作ったロボットが動きだす、積み木で作った船でクジラ捕りに出かける、といった幼年童話では、論理的に緻密に構成されたファンタジーではなく、「こうなったらいいな」という幼い子どもたちの魔術的思考による魔術的なファンタジーが展開されています。

2　物語の受容―大人の読み・子どもの読み

　さて、次は大人の読みと子どもの読みがどのように異なるのかについて見ていきたいと思います。研究者の守屋慶子氏が『子どもとファンタジー』（1994, 資料リスト5）の中で、シェル・シルヴァスタイン（Shel Silverstein, 1932-1999）の『おおきな木』（1976, 資料リスト9）を用いてイギリス、スウェーデン、韓国、日本の4か国の子どもから大人までを対象に調査した結果をまとめています。大きな木とちびっこの仲睦まじい様子で始まるこの物語は、ちびっこは大きくなるにつれて、お金を欲しがり、お嫁さんを欲しがり、家を欲しがり、船を欲しがり、そのたびに、木は少年の望みを叶えるために自らを分け与えていくのです。この作品の感想文を書いてもらい、それを分析した結果、幼児から小学校1、2年の子どもを「質問期」、小学校3、4年の子どもを「確認期」、高学年以降の子どもを「意図不明期」、そして高校生以降を「意図不明からの脱出期」の4期に分類し、同じ物語でも受け止め方が異なることを明らかにしています。

　小学校1、2年までの子どもを「質問期」としたのは、感想に質問が多かったからです。どんな感想が出てきたと思われますか。出てきた感想は、「あんなしゃべる木、どこにはえてるの？僕も遊びたいな」あるいは、「あの子はどうしてあんなに早くおじいちゃんになっちゃったの？」といったものです。大人からは、まず出てこない感想だろうと思います。

　一方、小学校3、4年くらいになるとどんな感想が増えていくでしょうか。出てきた感想は、「木がしゃべるはずがない」や、「あれだけの枝で家がたてられるはずがない」といった、この

17　コルネイ・チュコフスキー 著,樹下節 訳『2歳から5歳まで』理論社, 1996, p.166.
18　ぐるーぷ・エルソル 編『こどものことば : 2歳から9歳まで』晶文社, 1987, p.244.

物語はうそっこだよね、ほんとじゃないよねといった、内容の確認が多かったのです。

　幼い子どもは物語の世界に「住む」ことができ、現実と非現実を自在に行き来しているのだと思います。子どもたちのごっこ遊びを見ても、うそっこだけどとことん本気でとことん真剣なんです。幼い子どもたちは、なんて幸せな読書をしているのでしょう。作品世界の中に住み、その中で心を躍らせているのです。幼児と小学校3、4年生くらいの子どもが一緒のところで、例えば『ぐりとぐら』なんかを読み聞かせしたりすると、小学生が「ねずみがしゃべるわけないじゃん」といった感想を言い始めるんですね。小学校3、4年生くらいになると、経験が豊かになり、非現実の世界に疑いを持ち始める。これは知識が豊富になってきた証拠です。今までのように、物語の世界にどっぷりと浸ってその中に「住む」という読み方から変化してきています。サンタクロースを信じる境界線もこのあたりだと言われています。逆説的ですが、この時期から現実と非現実が分離し、ファンタジーの世界が形成されるのだと守屋氏は論じています。

　大人になると、男女の恋愛の物語として読んだり、母と子の物語として読んだり、ファンタジーの世界を現実世界に置き換えて理解しようとする傾向が見られます。大人の感想の中には、「世間にはよくあることだ」とか「これが人間というものだ」というものがあります。物語を現実と照らし合わせて理解しようとしているだと思います。守屋氏も「大人が物語を聞く、あるいは物語の世界を「眺める」準備をするのに対し、子どもは物語の世界に「住む」準備をするのである」[19]と述べていますが、幼い子どもにとって、物語の世界は現実世界の一部なのだろうと思います。大人とは物語との距離がだいぶ異なっていることが分かります。

III　幼年童話の誕生と変遷
1　お伽話期の幼児向け作品

　それではいよいよ、幼年童話の誕生と変遷について見ていきたいと思います。先ほど『児童文学事典』での幼年童話の定義をご紹介しましたが、「幼年童話」という呼称にこだわらなければ、幼児に向けた創作の物語は明治期から存在しています。子どもの本を「童話」と呼ぶ習慣は今もなおありますが、そもそも「童話」という言葉自体が差し示すものは、時代によって異なっています。

　童話という語は江戸時代にも見られますが、江戸時代の童話は主に昔話を指しています。例えば滝沢馬琴（1767-1848）による随筆『燕石雑誌』（1811）の中では、猿蟹合戦や桃太郎、舌切り雀など7つの昔話を挙げて「童話」と書いて「わらべものがたり」と読ませています。そして明治期には、子どものための物語を「お伽話」と称しました。大正期には、そのお伽話への反発から、文学的な子どもの読み物が指向され、呼称も「童話」へと変わっていきました。そして、現代の幕開け期には詩的・象徴的な「童話」ではなく、リアリズム的な作品も含め、もっと小説的な骨格を持った子どもの文学を創出しようと、「児童文学」と言われるようになっていきます。先ほどの定義で、昭和の初期に『赤い鳥』に発表されたのが「幼年童話」の始まりといった書かれ方をしているのも、「幼年童話」という呼称に限定してみれば、そういう言い方も成り立つわけです。

　さて、明治21（1888）年に、巖本善治（1863-1942）が主宰する女性啓蒙雑誌『女学雑誌』に「小供のはなし」欄が誕生します。日本には西洋に見られるような子どもの読み物や子ども向け雑誌がないことを残念だとし、母親が子どもに語って聞かせるお話の提供をしていくこと

19　守屋慶子著『子どもとファンタジー　絵本による子どもの「自己」の発見』新曜社, 1994, p.6.

が「小供のはなし」欄の趣旨として述べられています。つまり、幼児のために意図的に物語を提供しようとした、我が国最初の試みでした。日本の創作児童文学の幕開けを飾った巖谷小波（1870-1933）の『こがね丸』が書かれたのが明治24（1891）年ですので、それよりも3年ほど早い時期のことです。

　また、幼児教育に目を向けると、それよりもさらに早い時期から、聞く文学としてのお話が子どもたちに語られています。明治9（1876）年に日本で最初の幼稚園・東京女子師範学校附属幼稚園[20]が設立されますが、その開設当初の保育項目の中に、「説話」という名称でお話が存在していました。現在のように、絵本や子どものためのお話集もなかった時代ですので、幼児教育の手引書を頼りに、そこに掲載されていたグリムやイソップのお話を子どもたちに語っていたのです。明治30年代（1900年前後）になると、海外の昔話だけでなく、日本の昔話も取り入れられ、幼児に語るお話が豊かになっていきます。また、幼児教育の立場からも子どもに聞かせるお話の創作や提供が始まり、『幼児教育談話材料』（1907）、『幼児の楽しむお話』（1927）、『幼児に聞かせるお話』（1920）など、実際に附属幼稚園で語って子どもたちに喜ばれたお話が、お話集として出版されるようになります。

　一方、明治28（1895）年には、明治期を代表する児童雑誌『少年世界』の1巻13号に「幼年」欄が設けられました。この「幼年」欄というのは、幼児のための遊びの紹介やお話が掲載されたものです。この時期はまだ音読が日常的に行われていたので、親や兄弟に読んでもらって受容することが多かっただろうと思われますが、「幼年」という欄の誕生自体、幼い子どもを読者対象として意識した「読む文学」としての幼年童話の始まりだと考えることができます。ただ、この「幼年」欄を主に担当していたのが巖谷小波なのですが、小波の作品は、「聞く文学」と親和性が高く、実際に小波は自身の作品を全国の幼稚園や小学校を巡って語り、子どもたちから「お伽のおじちゃん」と親しまれました。こうした小波の活動が、口演童話の発展にも大きな役割を果たしています。

　「幼年」欄に掲載された小波の作品の1つが、「母の膝」（資料リスト10）です。時間の関係で全てを読むわけにはいきませんが、最初の一文をご覧ください。

　　「あゝ、神様！のゝちやま！坊は神様の傍へ行き度いなァ。
　　と、千代松と云ふ可愛い男児は、毎日口癖のやうに云つて居ました。
　　「母ちゃん！坊如何ちたら神様の傍へ行かェるだよゥ。
　　と、阿母さんに尋ねますと[21]

と始まっています。この千代松は、何歳くらいの子どもだと思われますでしょうか。私には3、4歳の幼児のように思われます。何をもって幼年童話とするのかという判断はとても難しいですが、私は幼児が主人公だと思われる作品をたどっていきました。すると、明治期の作品の中に、幼児の姿が生き生きと描かれている作品がかなり存在していたのです。ののさまの側に行ってみたいという千代松ですが、このあと1羽のコウノトリが現れて、連れて行ってあげましょうと言うのです。コウノトリの背に乗った千代松が「こうや、まだかい？」「まだですよ」「こうや、まだかい？」「まだまだ」「こうや、まだかい？」「もうじきですよ」というやりとりを繰り返し、もう来ましたよ、さあ目を開けて、と言われ目を開けてみると、お母さんのお膝

---

[20] 現在のお茶の水女子大学附属幼稚園。
[21] 巖谷小波「母の膝」『少年世界』1（14）,博文館, 1895, p.2.

に抱かれていたというお話です。

　次に、同じく小波が手がけた『幼年画報』には、明治39（1906）年に掲載された「幼稚園お花の學校」（資料リスト11）という作品があります。これはタイトルからも分かるように、明らかに幼児が主人公です。幼稚園に通うお花という女の子の1日の生活が一人称で書かれています。着物の上にエプロン姿。これは明治の後半から大正にかけて大流行した西洋前掛け、子ども用のエプロンです。当時の幼児の定番とも言えます。

　同じく『幼年画報』に掲載された作品に、「西瓜のたね」（1911, 資料リスト12）というものもあります。朝から西瓜が食べたくて仕方ない武男は、お昼過ぎになったらちゃんと出してあげるから待っていなさいと言われたのに、どうしても待ちきれずに、お母さんが留守の間に西瓜を食べようとして床に落としてしまいます。すると、西瓜の種が黒い小僧になって武男をなめ始めるのです。びっくりした武男が泣き叫び、「お母さん」と呼ぶと、ちょうどお母さんが帰ってきて、黒い小僧はどこかに消えてしまいます。挿絵を見る限り、最終的には武男は西瓜を切ってもらって、おいしく食べたのだろうなと思います。こんな風に、やんちゃな幼児たちが明治期の作品にはたくさん登場しています。

2　芸術性と幼年童話

　大正期に入ると、小波の創作した「お伽話」とは異なる作品が誕生します。説話体の単なるお話ではなく、内面描写や情感あふれる「童話」と呼ばれる作品が誕生してきます。大正7（1918）年には鈴木三重吉が芸術的児童雑誌『赤い鳥』を創刊し、創刊号（資料リスト13）には『赤い鳥』のモットーも書かれています。三重吉はこれまでの作品を「下劣極まる」「子供の真純を侵害しつつある」と批判し、「子供の純性を保全開発するために」、一流の芸術家たちに要請し、子どものための芸術的な童話・童謡運動を展開していきます。この時代の幼年童話は浜田広介（1893-1973）や小川未明（1882-1961）らに代表される詩的で叙情的な美しい作品群が創出されています。

　ただ、こうして童話が芸術的・文芸的に認められるようになっていくことを歓迎しつつも、幼児の世界からはやや遠いものになっていく傾向にあると、幼児教育の立場から危惧した人がいます。日本の幼児教育の父と言われた倉橋惣三（1882-1955）です。倉橋は、幼児のものだからといって、文芸的価値が低いものであって良いというわけではもちろんなく、「幼児らしく楽しむことの出来る童話」[22]の必要性を説いています。そして幼児に適した童話として、明るいこと、筋が単純であること、感情が濃厚なものは避けること、意味を主にしすぎないこと、聞いていて快いことなどをあげ、「幼児の喜ばないお話は落選である」[23]と述べています。同様に先ほどもご紹介した、幼稚園園長を務め『新幼児ばなし365日』の著者でもある上沢謙二も「どんな童話でも、苟くも童話たる限り、おもしろくなければなりません。おもしろくなければ、興味をひかなければ、子供は聴きません。聴かなければ、いくら話しても何にもなりません。即ち「おもしろくない童話」というようなものは、子供の世界では、存在を許されないのです」[24]と述べています。先ほど、上笙一郎が幼年童話の二重構造を指摘したことを紹介しましたが、大正期に入って童話が芸術的な発展を遂げる中で、幼い子どものための文学は、主に保育現場を中心とした聞く文学と、文学界を中心とした読む文学という2つの流れに分かれてそれぞれ展開していくことになります。

22　日本幼稚園協会 編『幼児の楽しむお話』内田老鶴圃, 1927, p.1.
23　同 p.4.
24　上沢謙二 著『保育のための童話学（幼児保育教室；第3）』恒星社厚生閣, 1953, p.12.

3　はっきりとわかりやすく面白いこと

　さて、現代の幼年童話は、1950年代、大正期の童話を否定する動きから始まります。先ほど、現代の幼年童話は聞く文学への歩み寄り、聞く文学と読む文学という2つの線が交わろうとする中で誕生してきたのではないかと述べましたが、倉橋や上沢が主張したように、現代の幼年童話の誕生期には、昔話のようにはっきりとした骨格を持ち、耳で聞いていても具体的なイメージを描けるような作品、はっきりとわかりやすく面白いことを目指して動き始めます。

　この時期の幼年童話に関する言説をまとめると、幼児理解、昔話への志向、空想性、現実と空想のあわいというキーワードが抽出できます。大正期の「童話」は、詩的、象徴的、叙情的という言葉で表現されることが多いように、美しいけれど、幼い子どもにとってあいまいで分かりにくいと批判されていきます。特に、石井桃子（1907-2008）、瀬田貞二、松居直、渡辺茂男（1928-2006）、いぬいとみこ（1924-2002）らによって1960年にまとめられた『子どもと文学』（資料リスト4，リストは1967年福音館書店による再版）では、大正期の詩的で象徴的な童話を徹底的に否定し、物語の筋が明確で、始まりがあって、山場があり、きちんとした結論のあるもの、また、優れた空想性を持つものが、幼い子どもの文学としてふさわしいと主張されています。

　石井をはじめ、いぬいも瀬田もそれぞれ家庭文庫を持っていました。そこにやってくる子どもたちに読み聞かせを行い、幼い子どもたちはどんな物語を喜ぶのか、幼い子どもの心の在りようを手探りで確かめつつ、創作にも生かしていったのです。いぬいは「現実と空想の混合するあわいこそ、「幼年童話」の積極的な可能性の根源の場所」[25]ではないかとも述べています。これも幼年童話における芸術性というのを考えるうえで重要なワードだろうと思います。

　この「子どもの文学はおもしろく、はっきりわかりやすく」[26]という『子どもと文学』の主張は、のちに多くの批判も受けます。また、形ばかりを踏襲した中身のない作品が量産されるきっかけにもなったとも言われます。しかし、著者らが念頭に置いていたのは、あくまでも幼い子どもにとっての文学ということであったと思います。先ほどお話しした倉橋や上沢の主張と石井やいぬいらの主張と共通点がいくつもあることが分かります。

　現代の幼年童話が作品として結実し始めるのが、1950年代終わり頃からです。いぬいとみこの『ながいながいペンギンの話』（1957，資料リスト15）をはじめとし、寺村輝夫の『ぼくは王さま』（1961，資料リスト20）、中川李枝子の『いやいやえん』（1962，資料リスト19）、神沢利子の『くまの子ウーフ』（1969，資料リスト31）、松谷みよ子の『ちいさいモモちゃん』（初版は1964，資料リスト37）など、1960年代から70年代にかけて、これまでの作品とは一線を画した新しい作品が登場し、幼年童話の可能性を広げていきます。『ながいながいペンギンの話』などは、今では小学校高学年向きに分類されるかと思いますが、幼年童話と言えば原稿用紙2、3枚の短い作品がほとんどだった当時の常識を打ち破った長編の幼年童話の誕生でした。読んでもらうのであれば、物語自体が面白ければ、幼い子でも楽しみながら最後まで聞くことができると考えていたのです。また、ペンギンのルルの「たまごのそとは、さむいなあ。それでもぼくは、出ていかなくちゃあ」[27]という言葉からも分かるように、純真無垢な子ども像ではなく、自立心旺盛で自分の力で未来を切り開いていく力強い子ども像がそこには見られます。

　次に、1970年代に出版された『ロボット・カミイ』（1970，資料リスト17）と『もりのへなそうる』（1971，資料リスト18）です。すでに刊行から50年以上経過し古典的な作品となって

25　いぬいとみこ「幼年文学における現実と空想の間」日本児童文学者協会 編『日本児童文学』5（7）（42），1959, p.59.
26　石井桃子 等著『子どもと文学』福音館書店，1967, p. ii .（初版は中央公論社，1960）
27　いぬいとみこ 著，横田昭次 絵『ながいながいペンギンの話（ペンギンどうわぶんこ）』宝文館，1957, p.11.

いますが、今なお幼稚園・保育園で読まれ、楽しまれている幼年童話作品です。耳の時代に生きている子どもたちは、大人よりも言葉に敏感で、毎日少しずつ読んでもらっても、ちゃんと覚えています。次はどうなるんだろうって、翌日に物語の続きを読んでもらうのを楽しみにしながら、毎日毎日少しずつ重ねていって、読み終わる頃には作品世界がすっかり自分たちのものになっているのです。とてもすてきな読書ですよね。すっかり自分たちのものになっていくと、今度はごっこ遊びが始まります。

『ロボット・カミイ』については、秋田県にある若竹幼児教育センターつきぐみによる「カミイの物語」という保育実践例があります。子どもたちは『ロボット・カミイ』を読んでもらって楽しんでいましたが、ある日、1人の男の子が「ロボット・カミイを作りたい」と言いだし、空き箱を使ってカミイを作るんです。カミイはすっかり子どもたちの仲間として、一緒に給食を食べたい、隣でお昼寝したい、家に一緒に帰りたい、一緒にプールに入りたいという声まで出てきて、家庭まで巻き込んでカミイの物語は広がっていきます。みんながカミイを家に連れて行きたいというので、結局、順番にカミイを家に連れて帰ることにするのです。園のバスに乗って子どもと一緒に帰宅するカミイの写真もあるのですが、家の人もとても温かく見守ってくれるんですね。カミイを家に連れて帰った翌日、家庭から「カミイを弟のように思っているのか、一生懸命世話をする様子がみられました」なんていうお便りが届いたりもします。こんな風に、幼い子どもたちにとってかけがえのない友達として深く心の中に住み、そしてそこから遊びという形で、新たな創造へ展開する作品が幼年童話にはあります。

『もりのへなそうる』も同様で、探検ごっこ遊びに広がった実践例がいくつもあります。それに、この作品には、おいしそうな食べ物がたくさん出てきます。てつたくんとみつやくんの兄弟が遊びに行くときにお母さんが作ってくれる、蜂蜜をトロトロッとかけたイチゴのサンドイッチや、たらこをまぶしたおにぎりなど、食いしん坊で臆病な怪獣へなそうるでなくても、よだれが出てきそうです。安全基地としてのあたたかな家庭や母親の存在が作品の基盤にあるのです。しかし、こうした場面、私自身はとても好きな場面ですし、子どもたちも心惹かれる場面なのですが、あまりにも理想的な母親像を描いているので、これをジェンダーや多様性といった観点からみると、また別の側面が見えてくるだろうと思います。

さて、現代の幕開け期で目指された、はっきりと分かりやすい語りについてもう少しお話ししたいと思います。『いやいやえん』や『ぐりとぐら』を書いた中川李枝子は、保育園の先生をしながら創作をしていました。『いやいやえん』は、同人誌『いたどり』に最初に掲載されたもの（1959）、次に『新日本児童文学選』のうちの一編（1960）、そして現行のもの（1962）と、異なる3つの版が出版されているのですが、そのたびに語り口が分かりやすく明確になっていくんです。『新日本児童文学選』と現行のものを比べてみます。まず『新日本児童文学選』を見てみましょう。

> チューリップ保育園には、子どもが三十人います。その中の十二人は、来年、学校へ行けるので、いばっている、ほし組、十八人は、来年、学校へ行けないから、いばれない、ばら組で、四つの子も、三つの子もいます。
> ほし組は、おぎょうぎがよく、なんでもじょうずにやりますが、ばら組は、その反対です。
> しげるは、四つで、ばら組です。
> 「ほし組はいいなあ。ぼくもなりたいなあ。」
> しげるは、いつも、そう思っています。[28]

一文が長く、耳で聞いていると混乱しそうです。一方、現行は一文が短くなり、はっきりとイメージしやすいように語られています。

> ちゅーりっぷほいくえんには、子どもが三十人います。
> その中の十八人は、ほしぐみ、十二人は、ばらぐみです。
> ほしぐみというのは、らいねん、がっこうへいくくみですから、みんないばっています。
> ばらぐみというのは、らいねん、がっこうへいけないくみで、三つの子も、四つの子もいます。
> しげるは、四つです。
> 「ほしぐみはいいなあ。ぼくもほしぐみになりたいなあ。」
> と、ばらぐみのしげるは、いつもおもっています。[29]

日常的に子どもたちと接していた中川は、子どもたちと劇遊びをしていると、子どもは不要なセリフは絶対覚えず、お話の芯になるところだけを覚えるのだと言います。だからこそ、子どもたちに分かるように書くためには、余計なこと、曖昧なことは書かない。具体的に明晰に書き、「子どもにとってほんとうに必要欠くべからざるものだけ書いています」[30]と述べています。

また、『ぼくは王さま』を書いた寺村輝夫は、単に文章をやさしくするだけでは幼年童話にならないと言います。もともと自然主義的リアリズムの創作をしていた寺村が幼年童話を書こうと考えたとき、言葉を尽くして表現するのではなく、思想なり、相手に伝えたいことを「ひとつのセンテンスが二十字以上にわたらない文章で、いったいなにが書けるかというようなことを真剣に勉強した」[31]そうです。そうすると形容詞や比喩はどんどん抜けていき、主語と動詞だけで文章を作ることになっていくのですが、それがプリミティブな子どもの生活を描くのに適しているのではないかと述べています。中川と寺村でそれぞれ表現は異なりますが、幼い子の文学の文体ということを考える上で重要な点だろうと思います。

さて、こうして現代幼年童話が成立し、幼年童話の可能性を広げていきます。しかし、1970年代には新たな局面を迎えます。古田足日（1927-2014）は1968年にあかね書房やポプラ社から創作幼年童話のシリーズが出版され始め、幼年童話の出版点数が急激に増えたのを機に幼年童話は「商品の時期に突入した」[32]と述べています。こうした背景には、課題図書がこの頃から売れ出したという事情があります。当時、幼年童話は出せば売れるドル箱と言われる状況が生まれ、粗製濫造的な状況を危惧する声が聞かれるようになります。『日本児童文学』誌上でも、たびたび幼年童話の特集が組まれ、幼年童話のパターン化や、モチーフの喪失、子どもの好きな魔女やおばけ、食べ物を登場させれば1冊の作品になってしまう状況を「幼年童話の危機」として危惧しています。神宮輝夫（1932-2021）も、「この分野は、いぬいとみこ『ながいながいペンギンのはなし』（宝文館、一九五七、現在、理論社）にはじまり『いやいやえん』に至る期間に、大人の独善的メルヘンから子どもの内面に即した物語へと大転換をとげた。そしてそれ以後、「隆盛に向かいました」で終わった。そして、気づいたとき、私たちの前には、規格品の笑いと、規格品のテーマ童話と規格品の現代風しつけ童話がきらびやかにならんでし

---

28 石井桃子 編, 太田大八 等絵『新日本児童文学選（世界児童文学全集；30）』あかね書房, 1960, p.28.
29 中川李枝子 著, 大村百合子 絵『いやいやえん』福音館書店, 1962, pp.1-2.
30 神宮輝夫 著『現代児童文学作家対談．3（角野栄子・立原えりか・中川李枝子）』偕成社, 1988, p.197.
31 神宮輝夫 著『現代児童文学作家対談．2（小沢正・寺村輝夫・山下明生）』偕成社, 1988, p.93.
32 「座談会 幼年童話を考える」日本児童文学者協会 編『日本児童文学』26 (14) (309), 1980, p.13.

まった」[33]と、70年代当時の状況を批判しています。

このように多くの批判も受けましたが、この「商品の時期」に、現在の幼年童話の形状、様式が作られたとも言えます。例えば、寺村輝夫の『どうぶつえんができた』（1968, 資料リスト21）は32級という大きな文字を使い、分かち書きにしてあります。現在の幼年童話では見慣れた形だと思いますが、これは、当時あかね書房の編集部長だった寺村が発案したものです。寺村は当時を振り返り「会社の反対を押し切って出した。それはなぜかというと、問題作もいい、革命的な作品もいい、けれども子どもに読まれなくちゃいけないんじゃないかと。当時からいわれていた子どもの活字アレルギーを克服すべく始めた」[34]と述べています。当時、このシリーズを持って原稿依頼に行くと、「こんなの本じゃない」とか、「たかが15枚か20枚で本を作るなんて詐欺だ」と言われたエピソードも残っていますが、70年代の終わりには、多くの出版社がこの形で出版するようになっています。誰かに読んでもらって物語を受容するのであれば、文字の大きさは全く関係ないはずですが、やはり「はじめて1人で読む」という要素が、こうした大きな文字の幼年童話を誕生させたとも言えると思います。

4　子どもたちの好きなものとシリーズ

1980年代は、いわばエンターテイメントの時代です。子どもの大好きなおばけ、魔女、泥棒、食べ物などを中心テーマにしたシリーズ作品が本当に数多く出版されます。例えば、寺村輝夫の「こまったさん」「わかったさん」シリーズ（資料リスト22など）、角野栄子の「小さなおばけ」シリーズ（資料リスト23など）、山脇恭の「大どろぼう」シリーズ（資料リスト24～26など）などです。「小さなおばけ」シリーズも「大どろぼう」シリーズも、おばけと食べ物、泥棒と食べ物という子どもが好きな最強の組み合わせです。最近では2000年代から始まったあんびるやすこの「ルルとララ」シリーズ（資料リスト28など）も、やはりお菓子をテーマにしたシリーズです。

1980年代には本当に数多くのシリーズ作品が出版されましたが、いずれも文学的な評価は低い、というより評価される機会もない作品がほとんどでした。80年代の幼年童話の状況は「混迷期あるいは沈滞期」という言葉で表現されましたが、実は今なお読み継がれている作品も数多くあります。学生に聞いてみても、「こまったさん」「わかったさん」が大好きだったという子がかなりいて、登場する料理を全て作ったという学生もいました。

「小さなおばけ」シリーズは、作者の高学年向けの作品には存在する主張や思想が全く見られず、おばけがペット化していると批判されました。しかし、今なお40年以上にわたって読み継がれ、今月（2023年10月）には最新刊『おばけのアッチ　ドラキュラのママのあじ』が出版されています。また、原ゆたかの「かいけつゾロリ」シリーズにしても、藤真知子の「まじょ子」シリーズ（資料リスト27など）にしても、すでに30年以上にわたって読み継がれており、幼い子どもたちに支持され続けてきたことは間違いありません。なぜここまで長期にわたって読み継がれたのか、読み継がれた作品とそうでない作品は何がどのように違うのか。それらの疑問について論及した幼年童話の詳細な研究も、批評の言葉も、ほとんどないのが実情です。今回のこの講座の中で、藤本先生が「小さなおばけ」や「まじょ子」シリーズを取り上げて、子どもの心の捉え方や広げ方という観点で論じてくださるので、ものすごく楽しみです。幼年童話研究の可能性を広げてくれるのではないかと思います。

33　神宮輝夫著『現代日本の児童文学（家庭文庫）』評論社, 1974, pp.121-122.
34　寺村輝夫、山下明生「新しい流れへの基盤づくり」『飛ぶ教室』(20), 光村図書出版, 1986, p.124.

さて、こうしたシリーズはパターン化といった言葉で一括りに批判されてしまうことが多いのですが、先ほど述べたように、子どもたちを引きつけるパターンと、飽きさせてしまうパターンがあるように思います。寺村の「ぼくは王さま」シリーズは、全集やパート2、パート3を合わせると全24作になりますが、まさにパターン化された作品です。食いしん坊でわがままでいばりん坊の王様が、事件を起こし痛い目にあいます。どんなに失敗しても、そこから反省し、学んで賢い王様にはなりません。大塚英志はシリーズ作品を時間軸に沿って進行する「進行型」と、「循環型」に分けましたが、「ぼくは王さま」シリーズはまさに循環型の作品です。小宮山量平（1916-2012）は「作者も編集者も、そのパターン化をあえて意識的に押しすすめてきた」[35]と述べています。寺村自身もそのパターンから抜け出さないために、「生活を変えるとか、あるいは、アフリカに異常に興味をもってしまうとか（中略）そのパターンを変えないために、その周囲をめちゃめちゃに変えてみるということをやっている」[36]のだと、抜け出さないための努力をしてきたのだといいます。このように見ていくと、パターン化と一括りに批判してしまうことは、作品そのものの真価を見落としてしまうことになります。

幼年童話は、シリーズ化される作品が多く、特に80年代以降の作品はシリーズが多く見られますが、シリーズであることにも意味があるのだと思います。イギリスの作家ヴィクター・ワトソン（Victor Watson）が、シリーズを好んで読んでいる6歳の男の子にどうしてシリーズを読むのかを尋ねたところ、「when you begin a new novel, he explained, it is like going into a room full of strangers, but reading the latest book in a series which you already know is like going into a room full of friends.（新しい作品を読み始めるのは、知らない人だらけの部屋に入っていくようなものだけど、シリーズなら仲良しの友達がたくさんいる部屋に入っていくような感じだから）」[37]と答えたと言います。文字の初学者である幼年童話の読者にとって、物語を読むことは、大人が考える以上に困難を伴うことなのだと思います。文字を読めるようになったからといって、すぐに物語を楽しめるわけではありません。1人読みを始めたばかりの幼い読者にとって、ページを開くと、「仲良しの友達」が次々と現れ、物語世界へと誘ってくれる安心感と入りやすさは、まさにシリーズものならではなのではないかと思います。「仲良しの友達」といくつかの事件や冒険を一緒に体験し、乗り越えて、ああ楽しかったと満足してページを閉じることにつながっているのではないでしょうか。そして、先ほどのパターン化ですが、主人公の行動と思考、それに伴う結末が定型化しており、読者の期待や予想を大きく逸脱することがありません。このお決まりの物語のパターンも、やはり幼い読者に安心感と安定した満足感を与えるものだと思います。

5　ひろがる幼年童話

1990年代から2000年代にかけて、幼年童話はさまざまな可能性を開いてきたと思います。

いとうひろしの『おさるのまいにち』（1991）や『おさるはおさる』（1991, 資料リスト32）を読んだときは、こんなにシンプルな言葉で、こんなに奥深い部分を表現できるのかと本当に衝撃を受けました。『おさるはおさる』は、ある日、おさるの「ぼく」がカニに耳を挟まれ取れなくなってしまうお話なのですが、自分だけが、カニ耳サルになって、みんなと違う存在になってしまうことに対する不安がユーモラスに描かれています。おじいちゃんが、ぼくに子ども時代のことを語ってくれる場面からは、「困っているのは君だけじゃない。おじいちゃんの、

35　小宮山量平「王さま、さようなら！」『寺村輝夫童話全集 たより No.2』ポプラ社, 1982, p.1.
36　神宮輝夫 著『現代児童文学作家対談. 2（小沢正・寺村輝夫・山下明生）』偕成社, 1988, p.99.
37　Victor Watson, *Reading series fiction : from Arthur Ransome to Gene Kemp*, RoutledgeFalmer, 2000, p.6. 訳は講師による

そのまたおじいちゃんの、そのまたおじいちゃんもおんなじように困って、悩んだんだよ。でも大丈夫。カニがついても、タコがついても君は君のまんまだよ」っていう励ましの声が聞こえてくるようです。

　それに、たかどのほうこが描く大らかな遊びの世界や、森絵都やひこ・田中といった高学年向けの作品を書いていた作家たちが幼年向け作品も手がけるようになったことも、新たな風を吹き込んだように思います。森絵都の「にんきもの」シリーズ（資料リスト 40 など）にしても、ひこ・田中の「レッツ」シリーズ（資料リスト 38 など）にしても、新しい子ども像を示してくれたのではないかと思います。読んでもらっても楽しいし、1 人で読める喜びも味わえるような作品です。

　また、近年の作品に見られる特徴として、子どもに読んでもらおう、楽しんでもらおうといったエンターテイメント性の追求と、それに伴う、作品の質的変化を感じます。例えば、子どもたちによく読まれているトロルの「おしりたんてい」シリーズの 1 作品、『おしりたんていふめつのせっとうだん』（2016, 資料リスト 29）を見てみましょう。漫画の吹き出しやコマ割り等も多用され、謎解きや絵探し、間違い探しなどが物語内だけでなく、カバーをめくった裏にも設けられているなど、とにかく丸ごと 1 冊を楽しめるようになっています。まるで本全体がテーマパークのようなのです。絵を見ているだけで楽しいのですが、これまでの、言葉の力で物語を紡いできた幼年童話作品とは異なる原理でできているように思えます。

　同様に、むらいかよの「おばけマンション」シリーズの 1 作品、『モテモテおばけチョコレート』（2010, 資料リスト 30）を見てみると、こちらもエンターテイメント性と分かりやすさの追求なのでしょう。誰のセリフか分かるようにカギ括弧の上にイラストで話者を示しているだけでなく、漫画のページが全体の半分ほどを占めています。漫画で表現すると誰のセリフなのか、どんな気持ちでいるのかが視覚的にはっきり伝わるからでしょうか。これも「初めて 1 人で読む」子どもたちへの配慮から発展してきた、幼年童話の 1 つの在り方だとは思います。ただ、こうした作品は児童文学への橋渡しにはなりにくいようです。子どもたちは文学作品ではなく、その後漫画の方に入っていくようなのです。エンターテイメント性と分かりやすさの追求から誕生してきた作品は、耳で聞いて物語を受容する在り方とも、文字の行間から想像力を膨らませ物語世界に入っていくのともまた異なる方向性だろうと思います。

Ⅳ　幼い子どもたちとともに
1　作品のなかで遊ぶことの価値

　では、幼い子の文学の独自性や魅力について、もう少し具体的に考えていきたいと思います。私は、幼年童話にとって、幼い子どもたちが、作品世界の中で心も体も解放されてのびのびと生きられることや、作品の中で楽しく遊ぶことができるということは大切な要素だと思います。幼い子どもたちにとっては、遊ぶことは生活すること、学ぶこと、生きることそのものです。ここでは中川李枝子の『ももいろのきりん』（1965, 資料リスト 33）と、工藤直子の『とりかえっこちびぞう』（1993, 資料リスト 34）を例に見ていきたいと思います。

　まず、『ももいろのきりん』です。大きい桃色の紙をもらったるるこは、世界一きれいなももいろのきりん・キリカを作ります。るるこは「キリカは、せかい一くびがながいのよ」[38]、「キリカはせかい一、はしるのがはやいきりんなんですもの」[39] と独り言を言いながらキリンを作

38　中川李枝子 著, 中川宗弥 絵『ももいろのきりん（世界傑作童話シリーズ）』福音館書店, 1965, p.2.
39　同 p.3.

るのですが、これがすべて実現します。幼い子は思考の言語が音声を伴った外言として出てきますが、キリカはるるこの願い通り世界一のキリンとして動き出し、るるこを乗せて遠くの山まで連れて行ってくれます。まさに魔術的ファンタジーですね。現実と非現実が一体となって、その奥に豊かな世界が広がっていきます。

『とりかえっこちびぞう』では、何でもしてみたい、何でも見てみたいちびぞうが、「かあさん、ぼく さんぽして、なにかしてくるね」[40]と出かけます。そして最初にライオンに出会います。ライオンのたてがみがかっこいいなと思ったちびぞうは、「ねえ、ライオン。そのたてがみ、かしてくれない？ ぼく、かぶって、ゆさゆさしてみたい。かわりに、ぼくの みみをかしてあげる」[41]と、ライオンのたてがみと、自分の耳をとりかえっこします。ちびぞうは、ライオンのたてがみを持ったぞうだから、らい・ぞうになります。次に出会ったシマウマとはしっぽをとりかえっこし、らい・しま・ぞうになります。このようにどんどん増えていって、最後にはらい・しま・わに・さい・ぞうになるのですが、こんな風になったらいいなという思いが次々と実現していくんです。生きる喜びにあふれた作品だと思います。しかも、他の動物たちも、ちびぞうのお母さんも、らい・しま・わに・さい・ぞうになったちびぞうをちゃんと受け止めて、尊重してくれるんです。幼年童話とはなんと自由な世界なんだろうと思います。

2　世界の豊かさ・あたたかさ

次に作品世界の豊かさ、あたたかさです。たかどのほうこの『へんてこもりにいこうよ』(1995, 資料リスト36)も、遊びの世界が描かれているのですが、言葉遊びがあちこちに盛り込まれ、耳の時代の子どもたちにとって、とても楽しい作品です。ヘンテ・コスタさんが作った通称「へんてこもり」に遊びにやってきた、仲良し4人組のお話です。4人は動物しりとりをするのですが、「ま」で始まる動物が思い浮かばなかったブンタがでたらめに「まるぼ！」と答えるんです。当然、他の3人からまるぼなんていないと言われてしまうのですが、そこに「まるぼなんて どうぶつ、いないだって？ じゃあ、この おれさまは だれなんだ」[42]と、ヤカンのような姿をしたまるぼが現れます。そして驚いたことに、まるぼだけでなく、それまで4人が言葉にした動物たちが一列になって、「早く」「早く」としりとりの続きを催促するのです。これも先ほどの『ももいろのきりん』と同じで、言葉が現実になって現れています。4人はへんてこもりで楽しく遊んで帰るのですが、帰り際にまるぼが「じゃあ きみたち、また こいよ。ここは たのしいところだぞお、じゃーなー」[43]と言うのです。この言葉、とても安心します。この世界はまだ見たこともない不思議なものや楽しいものがたくさんあるんだよ。この世界は楽しいところなんだよという、作品全体を象徴するメッセージだと私は思います。大げさに言うと、幼い子を取り囲む世界の在りようを示しているように思うのです。

幼年童話は、生物・無生物を問わず、ありとあらゆるものが主人公になりうるアニミズムの世界ですが、村上しいこの「わがままおやすみ」シリーズも、私たちにとって身近なものが登場し、新たな視点を与えてくれます。『れいぞうこのなつやすみ』(2006, 資料リスト35)は、ある夏の日曜日、突然しゃべり始めた冷蔵庫が「わたしも なつやすみをもらって、いっかいプールへ いってみたい」[44]と言い出すのです。みんな唖然としたものの、「わかった。ほないこ」というお父ちゃんの一言で、お父ちゃん、お母ちゃん、ぼくと冷蔵庫はいっしょにプール

40　工藤直子 さく, 広瀬弦 え『とりかえっこちびぞう（新しい日本の幼年童話）』Gakken, 1993, p.7.
41　同 p.12.
42　たかどのほうこ 作・絵『へんてこもりにいこうよ』偕成社, 1995, p.14.
43　同 p.73.
44　村上しいこ さく, 長谷川義史 え『れいぞうこのなつやすみ（とっておきのどうわ）』PHP研究所, 2006, p.23.

に行くことになります。プールの係員に、「ちょっと、それ。れいぞうこや　おまへんか。ここは、にんげんの　くるとこでっせ」と止められてしまうのですが、お母ちゃんは「なに　いうてんの。この子は、うちの子や。　それに、どこにも、『れいぞうこ　おことわり』なんて、かいてない」[45]と言い返すんです。幼年童話って本当に大らかで自由な世界ですよね。幼い子どもが現実と非現実を自在に行ったり来たりするように、登場人物たちも当然のように不思議な状況を受け入れるんです。昔話研究者のマックス・リュティ（Max Lüthi, 1909-1991）は昔話に現実と非現実の境がないことを「一次元性」と呼びましたが、これもまさに一次元性です。

　プールで思いっきり楽しんだ冷蔵庫ですが、今度は日焼けが痛いのであと3日待ってほしいと言うんです。その晩、冷蔵庫は「なつやすみは、えぇなぁ。（中略）やっぱり　なつは、プールや……」[46]と寝言を言います。その幸せな寝言を聴きながら、あと3日も我慢しないといけないのかとぼやくお父ちゃんにお母ちゃんがこう言います。「なにを　いうてんの。たったの三日や。　わたしらが、がまんしたら　すむことや。　れいぞうこかて、なにか、たのしみがほしいのや」。続けて、ぼくも「こんどは、うみにも　つれていって　あげよ！」[47]と言い出します。とてもあたたかな優しい気持ちになってきます。こうしたアニミズム的な世界は、当たり前と思っている現実的な日常世界を押し広げ、異なる世界の認識の仕方を示してくれます。

3　これ、わたしのお話

　もちろん、幼い子にも分かってもらえない悔しさ、うまくいかないもどかしさや悩みがあります。幼い子は特に自分の思いや感情をうまく言葉で表現できないことがあります。けれども、物語の中で同じ感情に出会って、「ああ、これは私のお話なんだ」と思える作品があります。

　松谷みよ子の『ちいさいモモちゃん』の中で、水疱瘡になったモモちゃんは、もう大きいから注射だって泣かないわよねと言われて、泣かずに注射を打つのですが、ごほうびがいつもと同じ10円のガムであることに泣き出してしまいます。自分はもう大きいから、ごほうびだって20円だと思っていたのにガムは同じだなんて…子どもには子どもの理屈や言い分があるのです。

　森絵都の『にんきもののひけつ』も、「ぼくは　このごろ　きぶんが　わるい。　じんせいに　いやけが　さしてきた」[48]で始まるのですが、それはなぜかというと、バレンタインデーに同じクラスのこまつくんが27個もチョコレートをもらったのに、自分がもらったのはたった1個だからです。どうしてこまつくんだけ人気者なのか。その秘訣を探ろうとするのですが、「かおが　よくて、あたまが　よくて、スポーツが　できるだけで、みんなの　にんきものなんだったら、ぼくは　もう、こんな　ところには　いたくないんだ」[49]という気持ちは、すごくよく分かります。

　村上しいこの『ともだちはわに』（2012, 資料リスト39）は、そのタイトル通り、主人公しのぶの友達は、ワニのきよしくんです。きよしくんはいつも自信たっぷりですが、尻尾が勝手に動いてしまうとか、足が短いからサッカーができないといった、ワニなりの悩みがあるのです。人はみな違う存在で、得意なことがあったり、不得意なことがあったり、それでも大好きで分かりあえる存在なのだということが、きよしくんをワニにしたことでより明確な輪郭を持って具体的に理解ができるのだろうと思います。

45　同 pp.36-37.
46　同 p.71.
47　同 pp.74-75.
48　森絵都 文, 武田美穂 絵『にんきもののひけつ（にんきものの本）』童心社, 1998, p.1.
49　同 p.63.

おわりに

　さて、日本の幼年童話を中心に、かなり急ぎ足でお話をしてきました。取り上げた作品もごく限られたものになってしまい、特に、海外の幼年童話について触れることができませんでしたが、明日の講義で、米川先生がアーノルド・ローベル（Arnold Lobel, 1933-1987）の作品を取り上げてお話をしてくださると思いますので、どうぞそちらを楽しみにしていてください。こんな風に、さまざまな視点から幼い子の文学について論じることが、幼年童話の可能性を切り開いていくことにもなるのだろうと思います。繰り返しになりますが、幼年童話は、一番基本的で大切なことを一番分かりやすく語る文学だと思っています。語彙の制限等はありますが、小さくて大きな文学だと思います。

　今回は、現実と非現実の間から空想世界が豊かに広がっていく作品をいくつか取り上げましたが、そこはまさに幼年童話の魅力だろうと思います。神宮輝夫は、「幼年向きの、自由な空想は、人間の積極的な力の表現と確認を可能にする。そして、それが、現実と理想のはざまで新しい生き方をさぐる高学年の文学に大きくプラスしていくのではないか」[50]と述べています。この、大らかで自由な幼年童話の世界は、こんな時代だからこそ、より大切にしていきたいと思うのです。豊かな言葉で紡がれた幼年童話が、ふさわしい時期に子どもたちに手渡され、この世界に対する信頼や人間に対する愛情を確信させてくれる親しい友となってほしいと思います。以上で私のお話を終わりにさせていただきます。ありがとうございました。

50　神宮輝夫 著『児童文学の中の子ども（NHKブックス）』日本放送出版協会, 1974, p.128.

幼年童話にみるジェンダー
―育児の描かれ方を中心に―

宮下　美砂子

Ⅰ　はじめに
　1　なぜ幼年童話のジェンダーを問題にするのか？
　2　現代日本社会におけるジェンダーの問題
Ⅱ　幼年童話に描かれた「育児」―絵と文章表現
　1　『トラベッド』
　2　『ごきげんなすてご』
　3　『すみれちゃん』
　4　『こたえはひとつだけ』
　5　『あたらしい子がきて』
　6　共通する傾向
　7　作品の傾向と現実社会
Ⅲ　先進的な「古典」作品
　1　「モモちゃんとアカネちゃんの本」シリーズ
　2　「先進的」と言える要素
Ⅳ　おわりに

　人生の最初期に受容する幼年童話は、子どもたちの価値観や人格の形成に大きな影響を与えると考えられます。本講義では、特にジェンダーの視点から幼年童話を見直すことで、物語を通していかなるジェンダー観が子どもたちに伝えられているのかを検討し、子どもたちが自らの、そして他者の生と性を肯定して生きることを後押しするような幼年童話のあり方を考えます。

幼年童話にみるジェンダー ―育児の描かれ方を中心に―

Ⅰ　はじめに

　宮下でございます。本日は、「幼年童話にみるジェンダー―育児の描かれ方を中心に―」というテーマでお話をさせていただきます。どうぞよろしくお願いいたします。

　簡単に自己紹介をさせていただきます。現在、保育者の養成校にて教員をしております。専門は絵本をメインに、近現代、表象文化をジェンダーの視点から読み解くという研究になります。特に絵本作家のいわさきちひろ（1918-1974）の作品や画業をジェンダーの視点から研究しております。本日は、『日本児童文学』2020年7・8月号（資料リスト1）の特集として組まれた「ジェンダーと児童文学」に掲載された論考「幼年文学にみるジェンダー―育児の描かれ方から考える」をベースにお話をさせていただきます。ここまでお話していてお気付きの方もいらっしゃるかと思いますが、実は私の専門は絵本でして、しかも図像分析を中心としており、幼年童話の専門家というわけではありません。ただ、この『日本児童文学』の論考を依頼されたときもそうでしたが、児童文学の中でも、特に幼年童話をジェンダーの視点から研究することが、これまであまりされてきていなかったということで、おそらく私にお声がかかっているという状況があるように思います。そして、これ自体が幼年童話の大きな問題ではないかと思います。その点をあらかじめご承知おきいただきながらお聞きいただければと存じます。

1　なぜ幼年童話のジェンダーを問題にするのか？

　まず、幼年童話をジェンダーの視点で取り上げる際の問題意識の部分からお話をさせていただきます。

　ここで改めてジェンダーという言葉の意味から再度確認してみたいと思います。この講義にご参加くださっている方々にはすでに周知の言葉でしょうし、社会でもようやくですが、常識として浸透した概念かと思います。とはいえ、しばしば間違った使われ方をすることもある難しい言葉でもあります。本日は、比較的丁寧に説明されていると思った国連女性機関（UN Women）の定義をご紹介いたします。「ジェンダーとは、男性・女性であることに基づき定められた社会的属性や機会、女性と男性、女児と男児の間における関係性、さらに女性間、男性間における相互関係を意味します。こういった社会的属性や機会、関係性は社会的に構築され、社会化される過程（Socialization process）において学習されるものです。これらは時代や背景に特有であり、変化しうるものです。」[1]とされています。本日お話しする内容としては、「社会的に構築され、社会化される過程において学習される」という部分が非常に重要です。つまり、先天的なもの、本来的なもの、自然なものというよりは、成長の過程で出会う文化や社会のあり方に触れることによって後天的に形作られるものであり、なおかつ変えられるものだというところを改めて確認していただければと思います。こうした認識もできるだけ早い段階から、子どものうちから持っておければいいな、と思うところです。

　さて、ここからが本題となりますが、なぜ幼年童話のジェンダーを今さら問題にするのか？という疑問をお持ちの方もいらっしゃるかもしれません。しかし、幼年童話には、この分野ならではのかなり深い闇というか、深刻な問題が潜んでいるのです。私自身も先ほどご紹介した『日本児童文学』の論考のために調査を始めた中でこの問題について気付かされました。

　まず、1つ目として、絵本やヤングアダルトと比較して、ジェンダー面で非常に保守的な作品が多いことがあります。私が専門としている絵本分野も、まだ不十分ではありますが、昨今

---

[1] 「ジェンダーとは？」（UN Women日本事務所HP）
　< https://japan.unwomen.org/ja/news-and-events/news/2018/9/definition-gender >

はジェンダーの問題や性の多様性を扱った作品が増えてきています。また、ヤングアダルトと分類される分野では、児童文学の中でも比較的早い時期からジェンダーや性の多様性を描いてきていますし、批評も早くから存在しています。児童文学の研究者でいらっしゃる宮川健郎氏も、新しい作家や作品が盛んに登場しているヤングアダルトと比較して「幼年文学」は話題となる作品が少ない状況が1990年代初頭から続いているということを『ひとりでよめたよ！幼年文学おすすめブックガイド200』（2019, 資料リスト2）の中で指摘されています。この宮川氏のご指摘というのは、特にジェンダーのことを取り上げて言ったものではありませんが、全体的に新しいものが出ず停滞しているということは、当然ながらジェンダーについても新しい視点からの作品があまり出てきていないということだと思います。

　2つ目の問題として、「幼年童話」を受容する時期の特徴が挙げられます。幼年童話は、文章中心の「文学」を初めて読みだすという、人生最初期の読書を支える重要な文学です。また、発達心理学的にも、ちょうど幼児期から学童期へと移行する段階にあり、幼年童話を読む時期の環境要因は後のジェンダー観の柔軟性に大きく影響するとも言われています。

　そして、3つ目の問題として、同じ児童文学の中の他のジャンルと比較して、とりわけ大人への影響も大きいジャンルだということが挙げられます。幼年童話というのは特に低年齢向けのため、読者の中にはまだ1人で読むことがおぼつかない子どももいて、大人が読み聞かせる場合も非常に多いと思います。そして、この読み聞かせるという行為によって、大人側が伝統的なジェンダー観を再認識したり、従来の規範意識を一層高めたりするという可能性も指摘できます。以上のことから、幼年童話におけるジェンダーの描かれ方というのは、特に細心の注意が払われるべきだと私は考えます。ここまで、幼年童話ならではの問題点を挙げてきました。

2　現代日本社会におけるジェンダーの問題

　ここで、私の研究に大きな示唆を与えてくださっている先行研究を紹介いたします。若桑みどり（1935-2007）氏の『お姫様とジェンダー』（2003, 資料リスト4）という本があるのですが、これは、ディズニープリンセスを題材に「お姫様」が登場するアニメが、いかに家父長制社会における女性規範を、女の子たち、そして男の子たちに刷り込んできたかについて鋭く切り込んだものです。非常に分かりやすくて面白い本なので、まだお読みでない方はぜひお読みいただければと思います。ここで言われていることは、あらゆる表象文化に共通して言える問題でもあります。この本では、「女性は子どもを産むという身体の機能をもっているために、もっぱら子どもを産み、育児や家事をするものであると決められ、そのために家庭という『私的領域』に囲い込まれることになった。」[2]という歴史的経緯を明確にしつつ、さらには、そうした女性規範というものは、教育をはじめさまざまな文化を介して「刷り込まれる」ことが、ディズニープリンセスの物語の事例から明らかにされています。この、さまざまな文化というものの中には、幼年童話も例外ではなく含まれていると思います。つまり、幼年童話を含む文化という装置を通して、男性中心社会にとって都合のよい女性規範または男性規範というものが刷り込まれていくのだと言えます。この『お姫様とジェンダー』での指摘をもとに、現在（2023年）の日本社会のジェンダーの問題と、幼年童話でのジェンダーの描かれ方との関係性とを考えてみたいと思います。

　問題はいろいろありますが、まず1つ目に、総合的な現状を示す指標として、依然として大きすぎるジェンダーギャップは看過できない問題です。GGGI（Global Gender Gap指数）の順

2　若桑みどり 著『お姫様とジェンダー アニメで学ぶ男と女のジェンダー学入門（ちくま新書）』筑摩書房, 2003, p.12.

位の低迷については毎年大騒ぎになるのでご存じかと思いますが、最新（2023年6月発表）の順位は146ヵ国中125位と、順位の公表が始まって以来、過去最低を記録するという惨憺たる結果となっています。特に賃金や社会的地位における男女間の格差というのは、容易に埋めることのできないほどの大きさになっていて、依然として日本女性は「私的領域」にしか居場所がないのでしょうか？と言いたくなるほどの結果になっています。

　そして、2つ目として少子化を挙げたいと思います。『お姫様とジェンダー』でも言われていた、女性が何が何でも担うべき責務だとされ続けてきた、子どもを産み育てる役割という観点からみると、実は女性たちはそれを拒否し始めているという、興味深い現状に直面します。私は少子化を改善しようとか、もっと子どもを産みましょうとか言いたいわけではないことはここではっきりと申し上げておきます。逆に、女性たちが主体的に産むか／産まないかを選択できるということは、歓迎すべきことです。

　しかし、実際にはそのようなポジティブな場合ばかりではないという現実もありそうです。本来であれば、産み育てたいと思えたかもしれない人にも選択肢がなく、「産まない」ではなくて、必然的に「産めない」の一択になる、そんな場合が増えているという状況があるようです。女性たちはなぜ子どもを産み・育てることを拒絶するようになったのか？という理由を、丁寧に考える必要があります。社会における女性の立ち位置＋家庭における「母親」役割といったものを鑑みたときに、母親になることを肯定的・楽観的に捉えられない厳しい状況が目の前にあり、「子どもを持つとなんだか不幸になりそう」と思わざるを得ない女性が増えているのではないでしょうか。「子育て罰」という言葉がこの1年話題となりましたが、この言葉に共感が集まってしまう現代日本は、かなりマズイ状況であると思っています。

　以上の問題意識から、今回は特に幼年童話における「育児」の描写というものがどのようになっているのかに注目してみたいと思います。その際、いかに作品を選択するべきかという問題が浮上します。先ほども申し上げました通り、私の専門は幼年童話ではなく、あらゆる作品を読破しているわけでもありません。しかし、ブックガイドという大変ありがたい手引書がありますので、今回は『ひとりでよめたよ！幼年文学おすすめブックガイド200』（2019, 資料リスト2）を参照させていただきました。こちらは、児童文学を専門とする先生方が「子どもたちがぜひ読むべきだ」と推薦する、近年の優れた幼年文学が網羅的に取り上げられており、実際に手に取りやすい作品が紹介されています。そして、このブックガイドの中から、子どもからみた育児というものが描写されている作品を抽出しました。具体的には、妹や弟といった「下の子」が産まれ、その子が育児される様子を「上の子」がみる場面が描かれている作品を考察しました。なぜそのような作品を選んだかというと、読み手も主人公の目を通して「育児」をみるという疑似体験につながると考えたからです。ここからの考察によって、母親役割・父親役割、すなわち、いかなるジェンダー観が、幼年童話を通して読者に伝えられているのかを見極めることができるのではないかと思います。

Ⅱ　幼年童話に描かれた「育児」─絵と文章表現

　では、ここからは幼年童話に描かれた「育児」をみていきます。その際に、今回は文章だけではなく、絵にも注目したいと思います。なぜなら、幼年童話の他にはない特徴として、挿絵が非常に多いということが挙げられるからです。絵本と言ってもいいのではないかというほど挿絵が多い作品もあります。そのため、絵から受けるイメージというのは見過ごせませんので、挿絵についても、文章と一緒に考察してみたいと思います。

　取り上げる作品は、角野栄子作、スズキコージ絵『トラベッド』（1994, 資料リスト5）、い

とうひろし作・絵『ごきげんなすてご』(1995, 資料リスト6)、石井睦美作、黒井健絵『すみれちゃん』(2005, 資料リスト7)、立原えりか作、みやこしあきこ絵『こたえはひとつだけ』(2013, 資料リスト8)、これは1977年が初版となっていて、挿絵は佐野洋子（1938-2010）だったのですが、ブックリストで紹介されているのは2013年の作品ですので、そちらをみていきます。そして、岩瀬成子作、上路ナオ子絵『あたらしい子がきて』(2014, 資料リスト9)の5点です。これらを順番に考察していきます。

1 『トラベッド』

まずは『トラベッド』の挿絵から母親像をみてみたいと思います。

母親の服装に注目してみると、エプロン姿かネグリジェ姿といった服装です。エプロン姿の絵などは、18世紀頃の西洋画に出てくる女性のような雰囲気もあり、日本の一般的女性の服装とは少々かけ離れた姿ではありますが、家事や育児をする存在であることがエプロンによって強調されていると分析できます。

描かれる場所は家の中のみで、ひたすら1歳になったばかりの下の子の世話全般をしている姿と、上の子の寝かしつけをしている姿が描かれます。そして、下の子を世話しているときは、上の子が何か言いたげな様子でアピールしても、それに対して気が回らないといった様子です。母親が絵で登場する回数は9回となっています。

先ほども申し上げた通り西洋絵画の聖母子像のような雰囲気を持っており、子どもを抱く母親の姿に神々しさが付与されているのが、他にはないような特徴となっています。

次に、挿絵の父親像についてみていきます。

父親は家の浴室で描かれていますので、洋服は着ておらず裸体となっています。仕事から帰ってきた後、子どもたちと入浴するという行動が描かれます。このとき、下の子だけを抱き上げて、上の子は抱っこしていないということを覚えておいていただければと思います。父親の登場回数はこの1回だけとなっていて、父親は基本的に家に不在だということが挿絵の少なさからも分かりますし、これは、この後みていく他作品の父親像にも共通して言えることです。

次に、文章から母親の描かれ方をみてみると、常に1歳になった下の子（アイ）の世話をしています。父親がいない中、下の子の夜泣きに対応しながらも、上の女の子（ヒロ）の話を聞こうと努力をしていますが、先に寝落ちしてしまったりして、休む間もなく育児に追われ疲弊しているような様子がうかがえます。

次に、父親もみてみましょう。文章でも、登場するのは仕事から帰宅した後に子どもと入浴する場面のみで、他の場面には一切登場しません。母親が疲れている様子や、上の子が不満を持っているということには全く気付かないか無頓着な様子です。基本的に挿絵と同様「家の外に」居る存在であり、家の中にはほぼ不在であることが、文章からも分かります。

では、主人公（上の子）の描かれ方はどうでしょうか。絵としては、先にみた母親、父親と一緒に描かれていたので、文章をメインにみたいと思います。この後に紹介する作品でも、子どもの描かれ方は同じ様に文章中心に考察します。

主人公・ヒロは、自分の話をちっとも聞かず、妹・アイの世話ばかりに気を取られている母親に怒り心頭となっています。父親も、お風呂で妹だけを抱っこし、自分を抱っこしてくれません。欲求不満を募らせたヒロは、「アイちゃんなんて、たべられちゃえっ」[3]と思い、ベビーベッドにトラの落書きをします。しかし、実際に自身の落書きから出現してきたトラに妹が襲われ

---

[3] 角野栄子さく, スズキコージえ『トラベッド』福音館書店, 1994, p.20.

そうになると、妹を助けようと奮闘します。最終的には妹を可愛がり、面倒をみる立場へと成長します。

2 『ごきげんなすてご』

次は、『ごきげんなすてご』をみていきましょう。

まず、先の作品と同様に挿絵の母親像から考察します。母親はTシャツとスカートという普段着姿で描かれます。

そして描かれる場所ですが、ほとんどが家の中となっています。例外的な場所としては、出産を終えて帰宅した際の自宅近所と思われる場所や、自ら捨て子になって家出してしまった上の子を迎えに行った際の、おそらく道端だと思いますが、その場面だけとなっています。描かれる行動としては、産院から帰宅してくるところや下の子の世話全般に多くのページが割かれ、それ以外では、家出した子を迎えに行くという行動になっています。挿絵での登場回数は18回です。

特記事項として、上の子の「構ってアピール」に背を向け続け、何だかわざと意地悪をしているかのようにも見えるのです。母親に無視され続ける上の子は、次第に気落ちしていくように描かれています。

同じく挿絵の父親像をみていきます。

父親も普段着なのですが、大変興味深いことに、わざわざ「CHICHI」というロゴが入ったTシャツを着用しています。比較して、母親の服には「HAHA」とは書かれていないんですね。この非対称がまず気になるところです。わざわざ書かなくては父親と認識されないのか、そんな存在だったらどうしようと、初登場の場面から何だか嫌な予感のする服装です。

描かれる場所ですが、母親と違って家の中では一切描かれず、産院から帰宅した際の自宅近辺と思われる場所と家出した子をお迎えに行った際の場所だけになっています。上の子のお迎えに行く際に下の子を抱っこする姿が初めて描かれており、これを見るとすごく人が好さそうな風貌で描かれているのですが、実際にはほぼ家事・育児に関与していない父親です。この作品は全4冊のシリーズものですが、全シリーズ中で唯一3冊目に、洗濯物を干す挿絵が1点だけ確認できるといった状態です。登場回数は7回で、母親と比較して半分以下となっています。

では次に、文章から母親の描かれ方をみてみましょう。

下の子のおむつを換え、授乳し、あやすといった育児行為を全て1人でこなす様子が、11ページにわたって絵をメインにして描かれています。疲れている様子は特にありませんが、上の子の構ってアピールを全て「はいはい」の一言で片付け、挿絵と同様に実質無視しています。我慢の限界に達した上の子が、捨て子になると言って家出を宣言した時でさえ「はいはい」と応答します。

次に、文章での父親の描かれ方ですが、文章では捨て子となった我が子を母親と一緒に迎えに行く場面でのみ登場します。このとき、挿絵では下の子を抱っこしているのですが、これ以外では育児や家事に関与する描写は全くなく、イラストのほんわかしたマイホームパパ的な感じとは異なり、実は家事・育児は母親に丸投げという、見た目とは裏腹な父親像だったりします。

主人公（上の子）の描かれ方はどうでしょうか。

出産を終えて戻ってきた母親が、サルのような赤ちゃんの弟・だいちゃんばかりを可愛がることに腹を立て、家出を決行します。ここでちょっと脱線しますが、一点引っかかることを申し上げておきますと、シリーズを通して主人公の名前は不明です。「あたし」「おねえさん」「お

じょうちゃん」としか記載されません。読者が主人公に自分自身を投影するという効果を狙ったのかもしれませんが、同一家庭内において男児だけが名前を与えられているのは、非対称だと感じます。勘繰りすぎかもしれませんが、日本女性が「○○さんの奥さん」「○○ちゃんのお母さん」「○○ちゃんママ」のように名前を失ってしまうことを暗示するかのようです。

さて、本題に戻りますが、主人公は「かわいいすてご」と自分で書いた段ボール箱に入り、他の動物たちと新しい親を探し始めます。当初は良い親を見つけるぞと意気軒昂でしたが、理想的な親にはなかなか出会えず、徐々に弱気になっていきます。最終的には迎えに来た両親と共に自宅へ帰り、渋々ではありますが、姉になる決意を固めるという様子で描かれています。

3 『すみれちゃん』

次に、『すみれちゃん』をみていきます。

まずは、挿絵の母親像をみます。

母親の服装は、大多数がエプロン姿で、産院でネグリジェを着ている以外はいつも同じ服というスタイルです。描かれる場所も、唯一産院の中を除いて全て家の中です。家事全般、産まれた赤ちゃん（下の子）の世話、そして、上の子の世話や教育をしている様子が描かれます。特に、上の子を注意したり叱ったりするのは、母親だけの行動として描かれていて、父親に比べて損な役割を与えられているとも言えます。また、子どもだけでなく、父親の世話も担う存在として描かれています。登場回数は11回です。

次に、挿絵の父親像をみていきます。

服装はパジャマ、スーツ、普段着と、いつも同じ服装をしている母親と比較して非常にバリエーションに富んでいます。描かれる場所は母親同様に家の中か産院ですが、外に働きに行く、つまり家の外にも居場所がある存在であるということが、スーツという服装からも伝わってきます。上の子に読み聞かせをしたり、下の子の名前を一生懸命考える姿などが描かれ、何やら「イクメン」風な雰囲気で描かれています。そして、登場回数は母親を1回上回る12回となっていて、他の作品にはない登場回数となっています。しかもカラーページが多く、父親の存在がかなり強調されている作品と言えます。

特記事項としては、休日は非常にグダグダした生活態度で母と子に叱られたりしていて、「お茶目パパ」といった雰囲気も備えており、のちほど説明しますが意外と手強いキャラクターと言えそうです。

では、文章での母親の描かれ方をみてみたいと思います。

育児を最優先する典型的な専業主婦像として描かれており、妊娠中も出産後も、丁寧な家事・育児に加え夫の世話まで完璧にこなす理想的な主婦・母親像と言えます。夫のご飯の食べこぼしや脱ぎっぱなしの服を始末して注意する様子なども確認でき、「ご苦労様です」と声をかけたくなるような描かれ方です。上の子にも配慮はしていますが、下の子の世話に追われる中、イライラしてついすみれを怒ってしまうといったこともあります。

父親の方は、他の作品にはない特徴として、上の子とよく会話をしています。挿絵同様、登場回数は他作品に比べて圧倒的に多いです。しかし、会話以外の子どもとの関わりをみると、会社から帰宅後に一緒に入浴するか、寝る前の読み聞かせに留まっているのがちょっと残念なところです。しかも、母親の妊娠中から終始上げ膳据え膳で、会話と入浴と読み聞かせ以外の、どちらかというと面倒な部類の育児行為や、下の子の世話、そして家事全般には全く関与していません。実はイクメンとはとても言えない父親と指摘できる描かれ方です。

しかし、これは現代のパパに一番多そうなタイプと言えるかもしれません。面倒なことはや

らないけれど、外からは「イクメン」風にみられていて、なおかつ本人も「けっこう手伝っている」という間違った自覚を持っているがために、先ほど「手強いキャラクター」と申し上げたように厄介な父親像と言えます。

主人公である上の子の描かれ方をみてみましょう。主人公・すみれの母親は妊娠しており、物語の中盤で入院して出産します。産院で妹に対面したときはかわいく思ったすみれでしたが、退院して家に帰ってくると、世話を一手に担う母親が妹ばかりを優先していることに徐々に嫉妬し始めます。母親の気を引くために赤ちゃんを真似た行動をとったりするようにもなります。そんな自分のために父親が絵本を読んでくれたりしたことで若干不満は解消されていき、やや不満は残りながらも次第に姉らしく接するようになります。

4 『こたえはひとつだけ』

次は、『こたえはひとつだけ』をみていきます。

まずは挿絵からみる母親像ですが、服装は地味な感じながらも、かなりきちんとした普段着になっています。描かれる場所はやはり家の中のみです。描かれる行動は下の子の世話全般がほとんどを占め、物語の最後の方では、姉になったことで辛かったという思いを吐き出した「不憫な」上の子を抱きしめる姿も描かれます。登場回数は6回です。

特記事項としては、横向きや後ろ向きの姿が多く、感情や表情が読み取れません。上の子を無視している点は『ごきげんなすてご』と同様なのですが、そちらより冷たい雰囲気で描かれています。

次に、挿絵の父親像です。

服装はワイシャツとズボンという普段着姿で描かれます。産院から帰宅した場面では、家の玄関先と家の中で小さく描かれます。やはり、この父親も他と同じように居場所は外にある存在として描かれていると思います。この帰宅場面と、仕事から帰宅後に下の子の様子をみる後ろ姿の、3回のみの登場です。母親以上に表情が読み取れず、もはや全体像すらよく分からないという謎に包まれた描かれ方をしています。

では、文章から母親像をみてみましょう。

出産を終えて自宅に帰ると、赤ちゃんに付きっきりの世話が始まります。おむつを替える、授乳をする、パフで白い粉を付ける、など具体的な育児行為の主体として描写され続けます。上の子のことはほとんど無視していますが、クライマックスでは上の子の独白から、これまで無関心で配慮がなさすぎたことに気付き、涙を浮かべたりします。

次に父親についてですが、産院から車を運転して帰ってきた場面と、会社からの帰宅後赤ちゃんの様子をみるという場面で登場します。他の育児や家事に関与する描写はありません。育児に追われる母親や欲求不満を抱える上の子への配慮も会話もないといった、完全に母・娘とは切り離された、無関係な人のような描かれ方をされています。

続いて、主人公の描かれ方をみてみます。主人公・ユミは、妹・モミが産まれて以来、何かあるたびに姉としての我慢を強いられるようになります。帰宅した父親もまず妹に声をかけ、母親は妹に付きっきりで、ユミの不満は限界に達しています。買い物に行く母親からモミの子守りを頼まれた際は、「赤(あか)ちゃんなんか、いなければいいのに」[4]とつぶやいてしまいます。すると、「赤んぼとりせいさくしょのしょちょう」と名乗る男が現れ、妹を連れ去ってしまいます。自らの発言を悔いたユミは姉の自覚を持つことで妹を取り返すことに成功し、母とも和解しま

---

[4] 立原えりか作、みやこしあきこ絵『こたえはひとつだけ（おはなしのくに）』鈴木出版、2013、p.18.

す。最後には、妹の世話を始めたことを暗示させるような挿絵が挿入されています。

5 『あたらしい子がきて』

では、5冊目の作品『あたらしい子がきて』をみていきましょう。

まず、挿絵からみる母親像です。服装は全てゆったりしたワンピース姿となっています。描かれる場所は家の中に加えて、この作品は少し変わっていて、上の子の夢の中にも登場します。描かれる行動としては、出産後に体を休めるために里帰りしているのですが、そこから帰ってきたところの荷ほどき、上の子が機嫌を損ねたところを注意する姿、そして夢の中で上の子2人を抱く姿として描かれます。これは、上の子の願望が描かれているものと思われます。登場回数は3回と、他の作品と比較して非常に少ないです。

そのかわり、この作品では、育児の手伝いに来る祖母とその姉、つまり、母の母そして母の伯母の存在が非常に大きなものとなっています。

次に、挿絵の父親像をみてみると、服装はスーツだったり普段着だったりします。描かれる場所は家の中ですが、平日の日中は家の外で働く会社員なのだろうということが服装で示されます。

行動については、これが注目すべき見せ場だと思うのですが、母親が里帰りしている留守中に子どもたちの食事の世話をするという姿が描かれており、これは、これまで見てきた父親像と比較して非常に画期的なものです。その他は、里帰りから帰宅した赤ちゃんを抱く姿と、会社から帰宅して赤ちゃんの様子をみるという姿で描かれます。こうした姿からは、大変期待感が高まる父親像なのですが、やはりそう簡単には期待に応えてもらえず、実は物語の後半になると、急に父親の姿は描かれなくなってしまいます。これは、文章のところでまたご説明します。なお、登場回数はこの3回のみです。

では、文章の方をみてみましょう。

母親は、沐浴前後の一連の世話、夜間のおむつ換え、授乳など、育児書のような具体的な育児の描写があります。手伝いに来ている祖母、つまり母の母ですが、彼女の手を借りながら、発熱しても夜間の授乳を続けるなど、育児に一生懸命な様子が描かれます。今回はこの母親にとって3人目の出産であり、真ん中の子が産まれた際にも、一番上の子に我慢を強いたというエピソードも挿入されます。

父親の方は、挿絵でもご説明したように、出産後に里帰りしている母親に代わり、物語の冒頭では育児と家事を全面的に担っています。これは他にはない特筆すべき事例です。しかし、母子の帰宅後に展開される物語の大部分では、まるで消滅したかのように登場しなくなります。あくまでも母親不在中の期間限定のピンチヒッターという位置付けであり、後半では家事にも育児にも全然関与しなくなってしまう、しかもできるのにやらないという、大変残念な描かれ方となっています。

では、主人公、この作品では一番上の子の描かれ方をみてみましょう。主人公・みきにはすでに1歳下の妹・るいがいて、下の子の誕生を経験するのは2回目です。母親・父親・手伝いに来た祖母はこぞって赤ちゃんばかりを可愛がるため、みき・るい姉妹は不満を感じています。みきはるいのように不満を爆発させることはないのですが、赤ちゃんと比べて大きくなった自分を、もう大人に可愛がられないつまらない存在だと思っていて、非常に自己肯定感が低い子どものように描かれています。しかし、そんな中で祖母の姉や、近所で出会った中年の姉弟との交流を通して、「きょうだい」や姉としての立場を肯定的に捉えるようになっていきます。

6 共通する傾向

ここまで見てきた5作品に共通する傾向をまとめてみたいと思います。まず、母親と父親の描かれ方の共通点をみてみます。

母親の描かれ方ですが、全作品において見事なまでに家事・育児のみに専念し、家に留まるだけの存在でした。他の役割は全く与えられていません。下の子にかかりきりで、上の子に配慮する余裕がなく、罪悪感を抱えるという状況も描かれています。全員が私的領域、つまり家庭の中のみで活動しており、社会とのつながりは皆無といった状況です。家事や育児の手伝い要員が登場することもありましたが、母の母（祖母）など血縁の者に限定され、5人とも極めて閉ざされた環境に置かれていました。講義の初めにご紹介した『お姫様とジェンダー』で言われていたとおりの、典型的かつ非常に伝統的な女性役割を担わされていると言えます。

次に父親ですが、彼らは家事・育児はごく限定的な「手伝い」程度にしか関与せず、基本的に外で働く存在として描かれます。里帰り中の期間限定で母親の代役をこなした『あたらしい子がきて』のケースを除き、育児には若干関与しても、全ての父親の育児は、会話、入浴、読み聞かせのいずれかの行為に限定されます。父親の担う「三大育児行為」といったところなのかと思うところです。そして、家事に関しては眼中にないといった感じで、手伝いどころか自らの身辺自立すらおぼつかず、母親の足を引っ張る場合もあるほどです。つまるところ、基本的に父親の「本分は仕事」だからそれでいいのだ、家の外で賃金労働をがんばっていればいいのだ、というスタンスに終始していると考えられます。いわば、典型的な性別役割分担のオンパレードといったところでした。

次に、上の子の描かれ方の共通点をみてみましょう。両親の育児の様子をみている上の子の視点は、読者の視点とも重なります。読者は主人公に自分を重ねて読むことが多いと考えられ、子どもたちの描き方は非常に重要だと思いますが、もれなく「不満」を抱えている様子で描かれています。そして、父親ではなく、特に母親のケアを欲しています。父親の存在が大きい『すみれちゃん』でさえ、主人公は「ママが一ばん」[5]と宣言しているほどです。また、全員が「問題行動」を起こして親を困らせ、そして、下の子を一度は憎む姿も例外なく描かれます。

ここまでみてきて、少し視野の広い子ども、特に女の子の読者なら、「ああ子育てって大変そう」「母親になるのは難しい」と思うかもしれません。また、これらを読み聞かせているのが母親だった場合、自身の育児に照らし合わせて「もっとちゃんとしないと」とプレッシャーを感じる場合もありそうです。

そして、ここからがジェンダーの問題に深く関わるのですが、なぜか主人公全員が「女児」というところは看過できないと思います。同テーマの全ての幼年童話をチェックしたわけではありませんが、たまたまブックガイドから抽出した5作品全てが女の子を主人公にしているというのは、何か理由がありそうです。すなわち、育児というものをみて成長を遂げるという作品の主人公を女の子にする理由の根底には、「女の子＝未来の母親」という、大人側が勝手に期待するジェンダーロールが潜んでいるのではないかと推測します。そして、最後は全員が自身の嫉妬から起こした問題行動を反省し、姉役割、すなわちケア役割を引き受けて一件落着するといった描かれ方になっていました。その場面を描いた絵も不思議と5作品とも似ていて、下の子を眺めていたり、お世話をする様子の絵になっています。これも予定調和的で、母親（女性）役割の次世代への着実な継承を暗示させる結末とみることもできると思います。

5　石井睦美 作, 黒井健 絵『すみれちゃん』偕成社, 2005, p.115.

7　作品の傾向と現実社会

　実は、こうした描かれ方の共通点を現実社会と照らし合わせると、幼年童話は実はリアリズム文学なのかと思わせるほどだったりします。2021年の総務省の調査結果[6]によると、6歳未満の子どもがいる妻が専業主婦の夫婦、つまりこれまでみてきた作品に出てくるような夫婦の、妻と夫の育児を含む家事時間を比較すると、妻が567分なのに対し、夫はたったの108分という結果が出ています。夫はこれでも多くなっていて、2006年からみると約2倍となっているというのですから驚きです。妻は夫の5倍以上の家事時間、そして内容の分担をみると8割以上の家事を負担しているということで、まさに幼年童話に描かれる夫婦は、こうした現実をそのまま映し出しているのだなと思います。

　ただし、一方では幼年童話には描かれない現実もあります。皆さまもご承知のとおり、日本ではすでに30年以上前から「共働き世帯」が多数派を占めるようになり、専業主婦の世帯というのは少なくなってきています。子どもが産まれたばかりという設定の作品なら仕方ないにしても、『トラベッド』のようにもう下の子が1歳になっている作品もありますし、また、『ごきげんなすてご』や『すみれちゃん』のように子どもの成長を追ったシリーズになっている作品もあります。しかし、これらのシリーズ中のどの作品でも母親はずっと働いている様子がみられません。やはり、幼年童話は現実にはすでに解体された昭和の家族像を、引きずって作られているのだと指摘できると思います。

　また、描かれないもう1つの現実として、変化しつつある価値観というものがあります。夫は外で働き、妻は家庭を守るという考え方は、まさにこれまでみてきた5作品に登場してきた夫婦が共有している価値観のように思われます。しかし、これについても、2000年代初頭から徐々に賛成派は少なくなっていき、2016年には男女とも賛成派が少数派になっています。こうした価値観の変化も、これまでみてきた幼年童話にはさほど反映されていないと思います。

　ではここで、これまで考察した幼年童話の傾向と現実社会の関係をまとめ、そこから発信されているメッセージを考えてみたいと思います。一言で言うならば、5作品の傾向とは、「現実感」を装いつつ「伝統的価値観」を再生産している作品群だったと思います。「イクメン」風、あるいはそれすら放棄しているかのような父親たちが出てきますが、家事・育児は「お手伝い」程度しかしない、またはしたくてもできない父親というのは、かなりリアルに現実を描いているかと思います。母親が家事・育児を全面的に負担し、頼みの綱は実家の母というのも、現代日本にありがちな傾向ではないかと思います。そして、育児のキャパオーバーは全て母親の責任となり、「罪悪感」を持たせることでその不足を昇華させるという手法が使われる場合もありました。これには本当に納得がいかなくて、父親や社会全体のせいでもあるでしょうと思うところです。

　また、主人公をみると、ジェンダーが女児に固定されていて、まるで母親（女性）役割の受容が裏のテーマであるかのようになっていました。これらは、現実のネガティブな実態を描き出す反面、性別による役割分担に反対する人々が増加している実態を考慮しない描写に終始していると指摘できます。

　そして、先にも述べましたが、5作品ともが「永遠の専業主婦」のような母親像を描いていて、育休中といった雰囲気も皆無でした。これは働く母親が多数派になっている現実を完全に無視

---

[6]　「令和3年社会生活基本調査」（総務省統計局）＜https://www.stat.go.jp/data/shakai/2021/index.html＞
なお、講義中に述べられている家事時間、共働き世帯数および性別役割の価値観の変化については、令和4年版と令和5年版の「男女共同参画白書」（内閣府男女共同参画局）を参照。
＜https://www.gender.go.jp/about_danjo/whitepaper/index.html＞

していますし、専業主婦でもやりきれないほどハードな家事・育児の様子を、読者は主人公の目を通して見ることになります。

　これらの表現を通して、読者である子ども、または大人がどんなメッセージを受け取るかを想像すると、母親がさらに仕事を持ったら一体どれだけの負担になるんだろうという不安、または、子どもを産んだら女性は自身の生活やキャリア、夢などあらゆる面で犠牲を強いられそうだな、結局子どもを産んだら母親として生きることしか許されないのかな、といった絶望感のようなもの、つまり、ネガティブなメッセージを受け取ることにならないかという危惧を持ちます。なるほど少子化になるわけだと、妙に納得してしまったりします。

Ⅲ　先進的な「古典」作品
1　「モモちゃんとアカネちゃんの本」シリーズ

　では、こうしたネガティブな現実や、伝統的価値観を乗り越えるような作品はないのだろうかと思うわけです。そこで、ブックガイドで推薦されている本を離れて自身の記憶を辿ってみたときに、昔の古典的な作品にこそ先進的なものがあるということに思い当たりました。

　そんな経緯でご紹介するのが、誰もが知る往年の名作といっても差し支えないと思うのですが、松谷みよ子（1926-2015）の「モモちゃんとアカネちゃんの本」シリーズです。今回は、挿絵が菊池貞雄（1936-1982）によって描かれた『ちいさいモモちゃん』（1964, 資料リスト10は1974年刊行の版）、『モモちゃんとプー』（1970, 資料リスト11は1974年刊行の版）、『モモちゃんとアカネちゃん』（1974, 資料リスト12）、『ちいさいアカネちゃん』（1978, 資料リスト13）を取り上げたいと思います。ご紹介する4冊は全て1960～70年代の作品です。シリーズ1冊目の『ちいさいモモちゃん』は1964年に刊行されています。刊行されてから半世紀以上読まれ続ける名作には、やはりそれなりの理由があるようです。

　まず、挿絵の母親像をみてみると、シリーズを通して家事・育児を、手を抜かず丁寧にこなす姿が最も多く描かれます。これだけだと専業主婦のようですが、そうではないんですね。文筆の仕事をこなす姿がしばしば描かれます。なんと、流産しかけた入院先でも何か仕事をしていたりして、ちょっと働きすぎではないかと心配になるほどです。そして、これまでの5作品とは異なり、エプロン姿や普段着だけでなく、勤労女性らしいおしゃれな外出着も多く描かれるのが注目に値するところです。

　また、これは私が子どもの頃に読んで非常に強い印象が残っている少し怖い場面ですが、死神に取りつかれ苦悶する姿なども描かれます。ただし、ずっとやられっぱなしというわけではなく、死神に取りつかれた理由の1つでもある夫との関係を清算した離婚後は、一気に気力をV字回復し、死神をほうきで叩きのめして追い払う強い母親として描かれます。これだけでも、今までの母親像とは何か違うなと感じます。

　次に、挿絵の父親像をみてみます。基本的に「ゲスト的」な扱いで、登場回数は母親と比較して少ないです。シリーズ前半においては、緊急時に現れ、知的で頼もしい姿で描かれたりしますが、母親のような子どもとのスキンシップはありません。それどころか靴だけの姿となって帰宅する姿も描かれます。これは家に不在の人、という象徴であり、この表現の方法は大変強烈なアイロニーが込められていると感じます。そして、自業自得としか言いようがないのですが、離婚直後は非常に頼りなく、衰弱したちょっと気の毒な雰囲気で描かれます。ただし、それだけでは終わらず、離婚してしばらくすると突然狼の姿となって子どもに会いにきたりして、しかも狼になると急にスキンシップ過剰になるといった姿で描かれています。

　では、文章から母親像をみてみましょう。専業主婦並み、あるいはそれ以上に家事・育児を

担っていて、なおかつ仕事もこなすという、現在も続く二重役割の「両立」における女性側の過剰な負担がすでにこの時代に描かれていると言えます。これが未だに解消されていないのは一体どういうことなんだと言いたくなりますが、この時代にすでにそういったことが描かれている点も興味深いです。

その一方で、自らのライフワークを持ち、これに対して非常に情熱的に取り組む人物としても描かれています。負担過剰で社会学的には「やりがいの搾取」とも言われそうではありますが、家庭内役割にとどまらない新しい母親像が提示されています。実は、疲れている母親を気遣ったモモちゃんに仕事を辞めることを提案される場面もあり、このとき母親は一瞬たじろぐのですが、決して仕事を辞めるような展開にはしないのが、この作品のすごいところだと思います。

そして、ここがかなり面白いなと思う部分ですが、夫との関係性や死への恐怖などに悩む姿が描かれます。結果、自らと子どもたちのために離婚を決意するのですが、自身の人生を自ら切り拓いていく自立した主体的な女性として描かれます。

次に、文章における父親をみてみましょう。子どもに愛情はあるけれど典型的な「仕事人間」で、家事・育児には基本的にノータッチです。そして、時々「おいしいとこどり」をしたりするという、高度成長期の典型的な父親になっています。そして、これはなかなか幼年童話としては革新的なのですが、不倫をしていることがほのめかされています。ただし、低年齢では気付きにくい表現になっていて、ここは幼い子への配慮もなされているかと思います。

次に、主人公であるモモちゃんの描かれ方をみてみたいと思います。母親から下の子の妊娠を告げられた主人公・モモちゃんは当初喜ぶのですが、実際に妹のアカネちゃんが誕生すると、これまで自分だけに注がれていた母親の愛情を奪われ、駄々をこねるようになります。これは、これまで考察してきた5作品と全く同じ展開です。しかし、仕事を持ちつつ家事や育児に奮闘する母親を見ながら育つ中で、母への気遣いや姉としての自覚というものが芽生え、自立が進みます。両親の離婚という厳しい現実に遭遇しながらも、家族以外の外部の存在にも助けられ、のびのびとたくましく成長する姿が描かれます。

2 「先進的」と言える要素

「モモちゃん」シリーズには、これまでみてきた5作品には全くなかった育児の描かれ方がみられます。

まず、モモちゃんとアカネちゃん姉妹は、低年齢のうちから「あかちゃんのうち」という保育所に預けられます。さらに、それでも母親の手が回らないときは「おいしいものの好きなくまさん」が出てきて、母親に代わって大変丁寧に面倒をみてくれます。アカネちゃんにいたっては、くまさんの家に長期間にわたって預けられたりもします。こんなくまさんが本当にいたらいいのにと誰もが思う一方で、非現実的でご都合主義だと批判する人もいそうです。ただ、私はこれを非現実的と思わせてしまうような、保育資源の乏しい社会の方に問題があると反論したいです。しかも、このくまさんというキャラクターは、松谷みよ子が友人に子育てを助けてもらったという実体験のエピソードをもとに創作されているそうで、実際には一定のリアリティがあったりします。そもそも、幼年童話にこのくらいのファンタジーはあって当然ですし、子どもが好む夢がある表現だと思います。

これらの育児の描写は、「家族」や「血縁」だけに依拠しない「開かれた育児」を描いていて、読み手である親子の育児へのハードルを低くする働きもあると思います。大変そうだけど、どうにかなるのではと思えてしまう、そんなパワーを持った作品なのです。絵本にも共通した問

題ですが、子どもを保育所など外部に預けることを大変悲観的に描いた作品が多いと思っています。子どもを初めて預けるときには、多かれ少なかれ緊張したり、不安になったりということはあるだろうし、そうした物語が存在するのは納得するところですが、預けられる子がことさらかわいそうに描かれていたり、預ける母親だけが必要以上に罪悪感を持つという設定が多いのはちょっと残念だと感じます。

　では、「モモちゃん」シリーズの先進的な要素をまとめてみたいと思います。

　当然ながら、昭和の作品としての時代の限界、古さもあるのですが、これは幼年童話の「タブー」を軽やかにぶち壊した作品だったと思います。

　まず、不倫、離婚といった扱いにくいテーマを否定的にせず、かといって軽んじることなく丁寧に描いています。3組に1組が離婚するとも言われるような昨今、一人親家庭は珍しくない時代となっています。一人親に限らず多様な家族像が実際には存在していることについても、近年は認識が深まってきましたが、家族の多様性をこの時代から肯定的に描いた点は、当事者の親子にとって大変心強い作品だったでしょうし、今でもそういう力を持っているのではないかと思います。

　次に、家族や血縁関係ではない「外部」からの保育サポートの活用を肯定的に捉え、「開かれた育児」を描いた点も、非常に先進的だったと言えます。さらに、母親を家事・育児以外の仕事に専念したり、病や死、夫との関係に悩む人物として描くということは、現代の童話の中にもあまりみられない事例かと思います。これは、「幻想」としての母親像、つまり、母親は家にいて子どもの世話と家事だけやっているのが幸せであり、それが在るべき姿だという幻想ですが、それを拒否するかのような、非常に革新的な姿だと言えます。

　このどれもが、作者が母親を社会で生きる1人の人間として立体的に捉えているから可能となった表現であり、母・子へのエンパワーメントになるものだと思います。これは、他の作品にみられた私的領域や固定的役割、また孤立した育児への囲い込みとは全く逆の方向と言えます。刊行から半世紀以上経つ現在、これを超えていくような幼年童話が見当たらない、むしろ内向きになっているんじゃないかと心配になります。母親をバリバリのキャリアウーマンや、何でもできるスーパーウーマンという風に描く必要は全くないですし、そんなものを求めているわけでもないのですが、もっと人間らしく描いてほしいですし、もっと多様な母親像や父親像や子ども像が生き生きと描かれたらいいと思います。

Ⅳ　おわりに

　これからの幼年童話がどのようになってほしいかというと、私は作家ではないので希望を語ることしかできませんが、この講義の最初にご紹介した、国連女性機関のジェンダーの定義を思い返していただければと思います。

　ジェンダーとは、「時代や背景に特有であり、変化しうるもの」とされていました。つまり、変えることができるということです。子どもたちが社会化される過程で出会う幼年童話が、未来のジェンダー不均衡を再生産しないよう、変化を恐れずに努力し続けることは、大人たちの責務だと思います。それは、現実社会のあり方に対してもそうですし、現実のジェンダー規範の形成に密接に関係する文化装置においても意識的に変えていくことが必要です。そのどちらが欠けてもだめで、両輪でやっていかなくては意味がないと思っています。特に文化の面、本日みてきた幼年童話においては、「性」に規定されない自由で多様な生き方を肯定するような物語が、数でも、バリエーションでも、もっともっと必要だと思います。

　そして、幼年童話のジェンダー観は、まだまだ非常に保守的であることがお分かりいただけ

たかと思うのですが、まずは非常に基本的なところとして、女性役割／男性役割というステレオタイプの見直しから始めていく必要があると強く思いますし、これらの固定役割が切り崩された物語を積極的に子どもたちに手渡していく、広く紹介していくことも大事だと思います。佐々木由美子先生の講義でも、幼年童話の重要な要素として、現実とファンタジーの間を行ったり来たりできること、すなわち論理性を超越した自由な一次元性の世界観があるというお話がありました。本当にその通りだと思います。本来、幼年童話こそ、固定化された現実の男女のあり方にとらわれることなく、冒険的な登場人物をさまざまに創作することができる分野であると思います。幼年分野の特徴を最大限生かしつつ、ジェンダーの描き方を時代に応じたポジティブなものに変えていけたら、幼年童話も変わっていくし、その可能性も広がっていくのではないかと思います。私の講義はここまでとなります。ご清聴ありがとうございました。

子どもの人間形成と幼年童話

米川　泉子

はじめに
Ⅰ　「遊び」を通した人間形成
　　1　近代の幼児教育思想の2つの極
　　2　「労働」と「遊び」
Ⅱ　有用性という観点からみた幼年童話
　　1　幼年童話の状況
　　2　「教材」的な価値としての幼年童話―アーノルド・ローベル「おてがみ」から
Ⅲ　物語と人間形成
　　1　マーサ・C・ヌスバウムの「物語的想像力」
　　2　「おてがみ」の再検討
Ⅳ　幼年童話と人間形成
　　1　一人読みの始まりの場所としての幼年童話―「ひとりきり」
おわりに

　近代の幼児教育思想の特徴の1つは、教育を職業訓練から解放し「遊び」を通した総合的な人間形成のいとなみとして理解したことにあります。物語の世界で子どもが遊ぶとき、ただの識字教育や読書教育には切りつめられない人間形成上の意義が認められるとすれば、それは一体何でしょうか。本講義では幼年童話を中心に教育哲学研究の観点からこの問いを考えていきたいと思います。

はじめに

みなさん、こんにちは。米川泉子と申します。本日はたくさんの方にご参加いただきましてありがとうございます。どうぞよろしくお願い申し上げます。

ご紹介でもありましたが、石川県にあります金沢学院大学というところで、保育者養成と小学校教員養成を行っている教育学科に所属しております。研究領域は、「教育哲学」や「幼児教育思想」で、子どもが絵本や幼年童話などの物語を読むことが、子どもの人間形成にとってどのような意義があるかを考えております。今日は、この観点から幼年童話についてお話ししたいと思っております。

全体の流れを簡単にご紹介します。まずは、1点目として「遊び」を通した人間形成について概観をなぞっていきます。近代の幼児教育思想が持つ2つの極である、「労働」と「遊び」について簡単にご説明いたします。

2点目に、有用性という観点からみた幼年童話をお話しいたします。ここでは、幼年童話の状況と「教材」的な価値としての幼年童話を、アーノルド・ローベル（Arnold Lobel, 1933-1987）の『ふたりはともだち』（1972, 資料リスト6）に収録されている「おてがみ」からご紹介いたします。実際の小学校2年生の授業の指導案から考察していきます。

次に、3点目として物語と人間形成について検討します。ここでは、アメリカの哲学者マーサ・C・ヌスバウム（Martha Cravan Nussbaum）の「物語的想像力」に着目します。そして先ほど取り上げた「おてがみ」の再検討を行います。

最後に4点目として、幼年童話と人間形成について検討します。幼年童話の特徴の1つは、子どもが一人読みを始めるメディアであるということです。そこで、一人読みの始まりの場所としての幼年童話について、「おてがみ」と同じく「がまくんとかえるくん」シリーズの「ひとりきり」を取り上げて検討します。

そもそも幼年童話は、幼児教育の分野ではどのように考えられているでしょうか。幼児教育の実践の現場では、4・5歳のクラスで先生が毎日1話ずつ幼年童話を読み聞かせをする、そのような経験を積み重ねる中で劇遊びにつながっていくなどの活動がよくみられます。佐々木由美子先生の講義でも具体的にお話しされていたように、『エルマーのぼうけん』（1963）や『ロボット・カミイ』（1970）などの名作も長く用いられています。また、家庭では、幼年童話のお話そのものを楽しむ一方で、読み書きを覚えるため、何かを身につけるための道具・手段として、つまり「教材」として捉えられることも多いようです。このような幼年童話の状況は、アメリカでも同様に指摘されています。こちらについては、後ほどご紹介いたしますが、識字教育や読書指導に用いるという実用的な観点から幼年童話が捉えられてきたことが指摘されています。

しかし、道具・手段としての価値、つまり「教材」的な価値は、幼年童話の1つの側面に過ぎません。子どもは幼年童話を読むことが楽しくて面白いので、手に取るだけです。子どもは大人の思惑通りに動いてくれるということは滅多になく、まず何よりも面白い・楽しいといったことがないと手に取ってくれないということは、子どもと関わったことがあれば誰しも実感したことがあるのではないでしょうか。このように楽しくて面白い活動のことを、教育学では「遊び」と呼びます。この「子どもが幼年童話を読むことを楽しんでいる」というシンプルな事実から、子どもにとって幼年童話はその年齢に沿った魅力的な「遊び」の1つであることがみえてきます。

そこで本講義では、教育哲学の観点から、幼児教育の特徴の1つである「遊び」という概念に着目して、この時期の子どもが幼年童話を読むことには、一体どのような意味があるのか考

えていきたいと思います。幼年童話など物語の世界で子どもが遊ぶとき、「教材」的な価値に汲みつくされない人間形成上の意義が認められるとすれば、それは一体何でしょうか。

I 「遊び」を通した人間形成
1 近代の幼児教育思想の2つの極

近代教育の出発点には、市民革命と産業革命が大きく影響しています。市民革命は身分制度を破壊し、「全ての人は自由で平等である」という人権思想を発展させていきます。人権思想が発展したことに伴い、身分によらず、全ての人間が、自らが持つ力を開花させていく、人間性（humanity）に向けた教育が構想されていくようになります。ここでは、総合的で調和的で全人的な人間形成（独Bildung）[1]が目指されました。

特にドイツのフレーベル（Friedrich Fröbel, 1782-1852）は、大人とは異なる子どもの固有の世界と成長の面から、この人間形成について考えました。そして、幼児期において「遊び（英Play/独Spiel）」[2]こそが、子ども自身が本来持っているものを開花させ、世界と調和して生きていくことができると考え、「遊び」を通した人間形成を行う場として、世界で初めての幼稚園（独Kindergarten＝子どもの庭）を創設します。子どもは学校に通う前に、愛情に包まれた中で、自ら遊ぶことを通して能動的に人やモノなど周囲の環境に関わり、自己を発展させていくことが期待されました。このような人間形成の考え方が近代教育の理念にあたります。

一方、フィリップ・アリエス（Philippe Ariès, 1914-1984）が指摘しているように、近代以前、「子ども」は「小さな大人」として徒弟修業などの労働を通して共同体の一員となってきました。しかし、産業革命を通して労働が複雑化・高度化したことに伴い、高度な労働者を生み出すことが必要になりました。具体的には、読み書き算数などの知識や、工場労働などで必要となる規律訓練、つまり時間通りに出勤し働くことや、勤勉に取り組むなど、労働に適するように規格化された人材を育てることが求められるようになりました。このような変化の中で、「小さな大人」とみなされていた子どもが、大人から区切られた独自の存在となり、「子どもは教育によって大人になる」といったように、教育が重視されるようになりました。ここでの教育は、子どもが特定の文化や社会の行動様式や価値を身につけながら、特定の職業に必要な能力を得ることが目的とされる、人材（human resources, human capital）育成としての教育となります。これが先ほどの理念とは逆の、近代教育の実際の姿でした。

このように、近代教育はその誕生のときから、具体的な職業とは切り離された人間形成という側面と、社会に役立つ人材育成、社会化の教育という矛盾する2つの極を内包していました。そして、その2つははっきり分けることはできず、現代に至るまで複雑に絡み合いながら存在

---

[1] 人間形成は、教育哲学ではドイツ語のBildung（ビルドゥング）、「陶冶」という言葉で言い表される。元々Bildungは、人間が自己を「神の似姿（Bild）」へと作り上げていく（bilden）ことを意味していた。しかし近代に入ると、宗教的な意味は薄れていき、18世紀後半にドイツを中心にして教育の文脈で使われるようになった。人間が外から何かを教えられて人間になるのではなく、人間が自ら世界との相互作用を通じて人間性を獲得し、自己を形成していくと考えられ、人間形成とは主にその過程と帰結を意味する。また、単に社会が要請する人間を作るというだけではなく、理想的人間像への自己形成という理念的な意味合いで用いられる。このような人間形成を主題として、若者がさまざまな苦難を経て成熟した人間（教養人）になる過程が描かれた「教養小説（Bildungsroman）」と呼ばれる近代小説のジャンルが登場した。ゲーテ（Johann Wolfgang von Goethe, 1749-1832）の『ヴィルヘルム・マイスターの修業時代』（1796）、『ヴィルヘルム・マイスターの遍歴時代』（1821-1829）がその代表例である。（参考文献：今井康雄 編『教育思想史』有斐閣, 2009, p.147.、教育思想史学会 編『教育思想事典 増補改訂版』勁草書房, 2017, pp.226-229.および教育哲学会 編『教育哲学事典』丸善出版, 2023, pp.162-163.）

[2] 近代社会の誕生により新たな労働観が成立し、「子どもの発見」により幼児教育に対する意識が高まったことなどを土台として、芸術や教育と結びつけられ「遊び」に関する理論が深まっていった。ドイツのシラー（Johann Christoph Friedrich von Schiller, 1759-1805）は、目的にとらわれない「遊び」こそが人間を形成する中心的な働きであると、遊びそのものに価値を見出した。また、ジャン・パウル（Jean Paul, 1763-1825）は、喜びや空想の楽しさをともなう「遊び」が子どもの持つ力を育てることを論じた。このようにして、遊びそのものの独自の価値に焦点が当てられるようになり、これらの理論を実践したのが、フレーベルであった。（参考文献：教育思想史学会 編『教育思想事典 増補改訂版』勁草書房, 2017, pp.9-13.および廣松渉［ほか］編『岩波哲学・思想事典』岩波書店, 1998, pp.18-19.）

しています。

2 「労働」と「遊び」

この2つの教育のあり方は、「労働（英 Labor/ 独 Arbeit）」と「遊び」という対比で理解することができます。

まず、「労働」は、私たちが暮らしている経済的な社会を支える営みです。「労働」は、成果を得るという目的を持ち、その目的を達成するために人やモノを「何の役に立つのか」といった手段とみなす有用性や経済効率の原理を特徴とします。例えば、リンゴ100個を市場で売ろうとした場合、その中で大きすぎたり小さすぎたりするリンゴは市場に出すための規格から外れるため、売ることができません。すると、同じリンゴであっても「役に立つ」リンゴと「役に立たない」リンゴに分かれてしまいます。

これは、人間にも当てはまってしまいます。遅刻したり、計算ができなかったりする人間よりも、遅刻せず時刻通りに出勤し、ミスなく計算する人間の方が、労働市場では必要とされます。このような原理の下での教育では、現状の秩序を維持するための勤勉で従順な労働者、つまり人間の全体を形成するのではなく特定の知識や技能を身につけた人材を育成することが目的となります。すなわち経済的な利益や効率性のために個人の能力育成が求められることになり、人間は経済活動のための手段として扱われます。そのため、教育が目的や成果、有用性に価値のある「労働」の論理として語られるとき、人材育成という側面が強調されます。

一方、「遊び」は、遊ぶことそのものが目的であり、あらゆる利害関係から切り離された、能動的で自由な活動であることを特徴とします。子どもたちは、遊ぶのが楽しいから遊び、興味を持ったものに自分から関わり、その関わりの中で喜びや悔しさや面白さなどさまざまな感情を経験します。その中でも「遊び」の土台となるのは楽しさです。そのため、「遊び」の中では、人やモノは手段にならず相互に関わることが可能になります。

「遊び」の中で、他者と協力したりぶつかったり、モノとの試行錯誤を繰り返すことで、「遊び」が広がっていったり、違う「遊び」になったりと発展していきます。現実の生活とは異なり、遊びでは想像した世界の中で自由に活動することができます。そして、このように他者である人やモノといった環境との相互交渉をしながら「遊び」を続けることができるのは、楽しさがあるからです。つまり、「遊び」は、子どもが自ら興味を持ったものに関わるという、能動性や主体性に基づいた楽しい自由な営みであると言えます。今回のテーマである幼年童話も4・5歳から8歳にかけての幼年期の子どもにとっての、このような特徴を持った楽しい「遊び」の1つであると考えることができます。

Ⅱ 有用性という観点からみた幼年童話
1 幼年童話の状況

これまで、幼児期の子どもにとって「遊び」が重要であることを述べてきました。しかし、現在子どもの「遊び」は大事にされているとは言えません。例えば、店頭で販売されているおもちゃや駄菓子でさえ、「○○の能力が育まれる」や「社会性が育つ」など、何かしらの能力が育まれることが示され大人の購買意欲を後押ししています。子どもの「遊び」は自由で利害関係から解き放たれた豊かな人間形成の場としてではなく、経済的利益や合理性が優先される経済的な社会の中では、「能力」を育む手段として回収される傾向にあるということです。子どもがただ遊ぶ機会が少なくなっているとも言えます。

「遊び」の1つでもある幼年童話や物語も同じような状況にあると言えます。幼年童話を読

むことで、子どもに何かしらの能力が育まれる、効果があるという一面ばかりが強調されてはいないでしょうか。もちろん、「文字が読めるようになる」、「道徳性を育む」などは、教育においては重要な内容です。しかし、前述のような人材育成としての教育の一面ばかりに着目しては、幼年童話の持つ豊かさを見失ってしまいます。

　このような幼年童話の状況は、アメリカでも同様に指摘されています。幼年童話はアメリカでは"Chapter Books"や"Early Reader"などのカテゴリー名で呼ばれています。日本の幼年童話が「幼年文学」「幼年物語」などとも呼ばれるように、アメリカでも"Easy Reader"、"First Reader"、"Early Chapter Books"など呼ばれ方はさまざまです。このあと取り上げるアーノルド・ローベルの「がまくんとかえるくん」シリーズを代表とするHarperCollins社のI can read Booksシリーズや、ドクター・スース（Dr. Seuss, 1904-1991）の *The Cat in the Hat*（1957）が出版されているRandom House社[3]のBeginner Booksシリーズがよく知られています。アメリカでも幼年童話の研究はなかなか注目されてきませんでしたが、主にアメリカの幼年童話についての学際的な研究をまとめた画期的な研究本としては、*The Early Reader in Children's Literature and Culture*（2018, 資料リスト1）が挙げられます。

　これらの研究によると、アメリカでの幼年童話の出版は盛況ですが、いわゆる児童文学という「本物の」読書を自立して行えるようにするために、細やかな読書レベルに沿って過渡的に使い捨て、消費するものとして捉えられています。特にアメリカでは、日本のようにハードカバーではなくペーパーバックとして安い値段で売られていることが多いためでもあると考えられます。また同時に、識字教育や読書指導に用いる実用主義的なものとして捉えられてきたことが指摘されています。次に具体的な事例から考えていきたいと思います。

2　「教材」的な価値としての幼年童話──アーノルド・ローベル「おてがみ」から

　ここでは、具体的にアーノルド・ローベルの「がまくんとかえるくん」シリーズの「おてがみ」を取り上げて、有用性という観点からみた幼年童話について考察します。「がまくんとかえるくん」シリーズはよく知られているように、慌てんぼうで心配症のがまくん（Toad）と陽気で落ち着いたかえるくん（Frog）の日常がつづられています。『ふたりはともだち』、『ふたりはいっしょ』（1972）、『ふたりはいつも』（1977, 資料リスト12）、『ふたりはきょうも』（1980, 資料リスト13）の4冊からなる幼年童話のシリーズです。

　「おてがみ」は第1作目の『ふたりはともだち』に収録されています。また、この「おてがみ」は、1980年以降小学1・2年生の国語の教科書にも取り上げられ続け、さまざまな授業実践も報告されています。学校教育の中で用いられるということは、目的を持つ活動の中で幼年童話が扱われることになります。ここでは「教材」的な価値としての幼年童話を検討したいと思います。

　ご存じの方が多いと思いますが、まずは「おてがみ」の簡単なあらすじをご紹介します。がまくんはこれまで一度も手紙をもらったことがなく、毎日来ないお手紙を待つたびに、不幸せな気持ちになります。そのことを知ったかえるくんは、がまくんを喜ばせようと急いで内緒でお手紙を書き、知り合いのかたつむりに頼み、かえるくんへ手紙を届けてもらうようにします。しかし、かたつむりはなかなか現れません。ふてくされるがまくんに対して、かえるくんは、手紙を出したことや、内容まで伝えてしまいます。しかし、がまくんは喜び、手紙が届くのをかえるくんと一緒に4日間も幸せに待っていた、というお話です。

3　現在はPenguin Random House社。

先ほども申し上げたとおり、この「おてがみ」は小学校国語の教科書にも掲載されています。そこで、ここでは、文部科学省のウェブサイトに掲載されている信州大学の「平成25年度教員の資質能力向上に係る先導的取組支援事業　成果報告書－学力向上・生徒指導の充実を支える教員のキャリア成長に合わせた教員研修プログラムの開発──2」[4]から、小学校2年生の指導案「なりきり音読げきをしよう」を取り上げます。

　小学校で行われている「おてがみ」を用いた授業実践では、音読劇を通して主人公たちの気持ちの変化や友情に主眼が置かれているものが多くみられます。この指導案でも、「おてがみ」を音読劇で学習するために、単元の目標に、国語教育の一般的な「関心・意欲・態度」、「読むこと」、「書くこと」が取り上げられています。

　一方で、単元設定の理由として、「おてがみ」の授業を通して1年次に落ち着きがなく暴言が飛び交っていた授業の改善を期待したと書かれています。担任は、「国語科は、言葉によって互いを知るという、「学級づくり」において欠かせない要素をもつ教科として、力を入れてきた。」と述べています。そして、音読学習を通して登場人物の気持ちの変化に気付いたり、場面のイメージを膨らませたりして「声づくり」を行うことを目的としています。音読劇の中で、登場人物の気持ちになりきり、想像していく授業のようです。

　実際の授業の指導案では、国語の学習指導要領の中の「B　書くこと」の「(1)　書くことの能力を育てるため、次の事項について指導する。」にある、「ア　経験したことや想像したことなどから書くことを決め、書こうとする題材に必要な事柄を集めること。」[5]を、「想像したことから書くことを決め、もらった人がうれしくなるような手紙を書くことができる。」として単元の目標にしています。

　この目標から、この事例では、「おてがみ」そのものの国語としての学習だけでなく、「荒れているクラスの学級運営を改善する」という国語とは別の目的も存在していることが分かります。つまり、学級運営のための手段として幼年童話が用いられています。この事例から、幼年童話が手段化される際に、幼年童話が「教訓」化されるという問題点が以下の2点から指摘できるのではないかと思います。

　1点目は、物語の内容理解の単純化です。この授業の目的の1つは、クラスメイトに思いやりを持つこととなっています。そのため、その目的に沿った物語の事実だけが取り出され、「手紙によって2人が幸せになる」という一面的な理解にされやすいことが指摘できます。目的にとって有用でないものは「つまらぬもの」として着目されなくなる恐れがあります。

　2点目は、想像することが決められているという点です。本来の課題である「登場人物の気持ちを想像して手紙を書く」活動が、「相手がうれしくなるようなこと」に限定されています。そもそも「手紙」はうれしくなるようなものを書くだけのものではありません。例えば、同じようにがまくん、かえるくん、かたつむりの3人の登場人物に手紙を送りあう活動では、「どうしてわざわざ足の遅いかたつむりに頼んだの？」や、「4日待つのは、本当は少し長かったね」など、子どもが登場人物に対して想像し、本当に書きたい内容を書いてもよいはずです。それにも関わらず、想像することの対象が「相手がうれしくなるようなこと」に狭められてしまっています。また、指導案には音読劇発表会の際にも、振り返りとして劇の発表者に「ほめほめカード」を書く活動も書かれています。この活動では、音読劇の改善点などの批判的な思考は

4　「教員の資質能力向上に係る先導的取組支援事業の成果報告書1」（文部科学省）
　　< https://www.mext.go.jp/a_menu/shotou/sankou/1353406.htm >
5　「学習指導要領等（ポイント、本文、解説等）（平成20年3月・平成21年3月）」（文部科学省）
　　< https://www.mext.go.jp/a_menu/shotou/new-cs/youryou/1356249.htm >

必要とされず、相手をほめること以外の想像が制限されていることがうかがえます。

　このように、この事例では「学級づくり」の手段として「おてがみ」の内容や手紙の活動に関して、「友情」や「おもいやり」などの部分のみが重視され、「友達にうれしいことばを書いてみよう」などの活動に結びつけられています。ここから幼年童話を「教材」化して用いる場合に、クラスという社会にとって有益な能力を伸ばすような「役立つ内容」だけが取り出され、「教訓」化されてしまうことが指摘できます。

Ⅲ　物語と人間形成
1　マーサ・C・ヌスバウムの「物語的想像力」

　ここまでは、幼年童話の教材的な価値、有用性の論理の中での幼年童話について検討しました。しかし、道具・手段としての価値、つまり「教材」的な価値は、幼年童話の側面の1つでしかありません。

　子どもは幼年童話を読むことを楽しみます。冒頭でも触れたように、このように楽しく面白い活動のことを、教育学では「遊び」と呼びます。そして、「遊び」の特徴は、それ自体が目的であること、自由な活動であること、能動的・主体的な活動であることです。そのため「子どもが幼年童話を読むことを楽しんでいる」という事実から、子どもにとって幼年童話は、対象である4・5歳から8歳にかけての子どもに沿った魅力的な「遊び」の1つであることが見えてきます。しかし同時に、遊びはただ楽しいだけの意味がない活動ではありません。人材育成や能力育成では育まれない、「遊び」の観点からのみ可能になる人間形成があります。ここでは、その人間形成の1つとして、アメリカの哲学者マーサ・C・ヌスバウムの「物語的想像力」を考えていきたいと思います。

　ヌスバウムは、現在のグローバル市場経済の中で、各国が短絡的な利益の追求を最優先し、利潤獲得のための手段としての教育の側面が重視されている現状を、「教育の危機」として批判しています。彼女は高等教育に着目する中で、経済成長が必ずしも個人の質の高い生活を生むわけではないにも関わらず、教育が経済成長をもたらす手段として捉えられるようになり、収益をもたらす有用で実用的な技能の養成を優先させ、人文学や芸術が切り捨てられていることに警鐘を鳴らしています。そして、人文学や子どもの頃の遊びや物語で育まれる「物語的想像力（narrative imagination）」が、グローバル社会において社会正義を可能にする、世界市民にとって必要不可欠な能力の1つであるとして、教育を通じた人間性の涵養を視野に入れたグローバルな正義を構想しています。つまり、社会の要請にあった人間を育むだけでなく、他者と善き生を全うするために、他者の置かれた状況を想像し、社会に対して能動的に働きかけ、必要であれば変えていく批判的な思考を持つ人間形成を意味します。

　それでは、「物語的想像力」とは一体何なのでしょうか。ヌスバウムによると、「物語的想像力」とは「異なる人の立場に自分が置かれたらどうだろうかと考え、その人の物語の知的な読者となり、そのような状況に置かれた人の心情や願望や欲求を理解できる能力のこと」[6]と定義されています。つまり、外からは見えない、他者の内面に思いを巡らし、他者の目を通して世界を見ることにより、他者に対して、統計などの数字には還元されない、個別的で具体的な背景を持った相手として理解することを可能にします。自分の生活範囲にいる身近な他者だけでなく、遠くにいる他者に対しても、平等な存在として、尊厳あるものとして、内的な深みと価

6　マーサ・C.ヌスバウム[著], 小沢自然, 小野正嗣 訳『経済成長がすべてか？ デモクラシーが人文学を必要とする理由』岩波書店, 2013, p.125.

値を持つ者として関わることを可能にするものの見方を育みます。例えば、ある国で100人の人が飢えて苦しんでいる、という場合、「100人」という数字に置き換えるのではなく、名前を持って、生活を持って生きていることを知った上での代替のきかない「人」として捉える能力のことになります。

　ヌスバウムは、幼児期の遊びや物語の中でこの「物語的想像力」が育まれることが重要であり、その後児童期後半にギリシア悲劇などを読むことにより、公正や正義、勇気といった、より複雑な人間の内面性についての関心を深めていくと述べています。

2 「おてがみ」の再検討

　ここで、先ほどの「おてがみ」について、ヌスバウムの物語的想像力の観点から再検討したいと思います。先ほど検討した教材的な扱われ方では、物語の内容理解の単純化と、想像することが決められてしまうといった問題点が挙げられました。「教材」として幼年童話を読むと、幼年童話の物語の中身全てに有用な意味を持たせようとしてしまうことから、「教訓」を読み取ろうとしたり、学級運営という目的にとって有用でないものは「つまらぬもの」として着目されなかったりするという問題がありました。

　ここで見落とされるものの1つが、「ユーモア」です。宮川健郎が1995年に「かえるくんの手紙は、「素晴らしい」か」（資料リスト7）という論考の中で、当時の「おてがみ」を用いた授業実践に対して指摘しているように、「おかしみ」、つまりユーモアが見落とされています。宮川は当時の授業実践を検討し、授業を通して手紙に書かれている「親友」や「しんあいなる」という言葉に対して過度に着目することが、この物語を「友情が深まった物語」として単純化して理解されていることを指摘しています。手紙の内容は、原文では以下のようになっています。

　　　'Dear Toad, I am glad that you are my best friend. Your best friend, Frog.'[7]

　この言い回しは、英語の手紙としては非常に形式的なものです。そのため、宮川はこの手紙は「ただ手紙であることだけを表している手紙」であることから、この物語は、手紙の中身に着目するのではなく、手紙を送るというコミュニケーションの物語として読むべきであると指摘しています。形式的な手紙を送るというコミュニケーションの物語であるにも関わらず、手紙の内容や「友情」が過度に注目されることで、「おかしみ」あるいはユーモアに着目されていないことを指摘しています。

　このユーモアこそが、個別的具体的な背景を持った登場人物のいる物語を理解する重要な要素となっています。例えば、かえるくんがかたつむりに手紙を託す場面では、かたつむりは「すぐ　やるぜ。」[8]と返事をしています。なぜわざわざ足の遅いかたつむりに頼んでしまったのか、なぜかたつむりも断らなかったのか、など興味深い点がたくさんあります。また、手紙が来ないことで昼寝をし、子どものようにすねてしまうがまくんの姿など、物語全体にユーモアが散りばめられています。子どもたちは、このような物語の細部を楽しむことによって、がまくんとかえるくん自身、そして2人の関係性がかけがえのないものであることを理解していきます。そして、それぞれ自分の興味関心に沿って物語を自由に想像することを楽しむのではないで

7　Arnold Lobel, *Frog and toad are friends*, HarperCollins, 1970, p.62.
8　アーノルド・ローベル 作、三木卓 訳『ふたりはともだち（ミセスこどもの本）』文化出版局, 1972, p.57.

しょうか。

　次に、もう1つ見落とされている点が「ナンセンス」です。先ほども出てきたように、かえるくんが書いた手紙は「ただ手紙であることだけを表している手紙」という形式的な手紙になっています。そのため、このお話は「おてがみ」というタイトルですが、実は、「「手紙」そのものの意味を失った手紙を、かえるくんとがまくんが4日間も待つ話」という、ナンセンスの物語として読むことができるのではないでしょうか。ナンセンスは既成の価値観であったり、秩序からの脱却を可能にしたりすることから、このナンセンスによってこのお話が「教訓」主義に陥らずに楽しい物語として読むことができるのではないでしょうか。「がまくんとかえるくん」シリーズ全体を通してユーモアとナンセンスが「教訓」主義に陥らないエッセンスになっている点については、資料リストにも挙げたアーノルド・ローベルに関する評論（資料リスト15、16）でも指摘されています。

　物語が「教訓」主義の道具となって育むものは、社会が経済目的のために必要とする個人の能力です。しかし、このようなユーモアやナンセンスを含んだ物語の細部を含めた物語全体を楽しむことで、子どもたちは単純化できない内面を持った唯一無二の存在として登場人物に関心を持ちます。言い換えますと、子どもたちが、外からは伺い知ることのできない、他者の内面に思いを巡らせることで、物語は事実や因果関係だけではない、個別的・具体的な背景を持った登場人物の物語として理解されます。ヌスバウムが指摘するように、そのような物語を通した他者理解が、他者と共に善き生を全うすることのできる社会を能動的に作っていこうとする、世界市民（民主的な市民）の人間形成につながっていくのです。このような、読み手の能動的な関心により、物語の多様な解釈が広がっていくことで、物語が何かに役立つ目的のためだけに用いられてしまう問題点を超えていくことができるのではないでしょうか。

Ⅳ　幼年童話と人間形成

　ここまでは、物語と人間形成について検討しました。次に、幼年童話と人間形成について検討します。幼年童話については、いろいろな捉え方や解釈が存在しますが、共通して理解されていることとして、子どもが一人読みを始めるものであることが挙げられると思います。そこで、最後に一人読みの始まりの場所としての幼年童話を考えていきたいと思います。

1　一人読みの始まりの場所としての幼年童話—「ひとりきり」

　それでは、一人読みとは、子どもにとってどのような営みでしょうか。まず、絵本の読み聞かせと比較してみましょう。絵本の読み聞かせでは、絵本に描かれている詳細な絵や、読み聞かせを行う読み手（多くの場合は大人）の解釈が、子どもの想像を助けます。しかし、幼年童話の一人読みということは、挿絵はありますが、絵本ほど絵の助けはありません。また、読み手の抑揚の付け方やページのめくり方などによる、解釈などのフィルターもありません。さらに、幼年童話を選ぶ段階から、大人のフィルターがないことが多くなり、自分で好きな本を選び、自分で読み始めることも考えられます。つまり、幼年童話を1人で読むということは、そうした絵や大人の解釈の助けなしに想像が始まることが特徴として考えられます。ちょうど幼年童話の対象となる4・5歳から8歳くらいの子どもたちは、幼児期の自己中心性を抜け出し、自分を見つけ、自立していく段階にあります。彼らは、これまでの乳幼児期に育まれた世界に対する信頼の中で、世界と自分の内面の両方を広げていく最中にいます。保育所や幼稚園などで最年長として活躍する中で、友達関係も、3歳の頃のような仲の良い友達だけで遊ぶだけでなく、大きな集団で協力しながら大掛かりな遊びを楽しむようにもなってきます。また、小学

子どもの人間形成と幼年童話

校に通うようになったり、自転車に乗れるようになったりすることから、物理的に1人で動くことのできる生活範囲も広がります。

このような他者との関係の中で、自分の内面ができてくるということは、他者と自分を区別していくことでもあります。子どもたちは、自分も他者も外からは見えない内面、つまり心を持つことに気付き、その後の児童期の後半にかけて自分だけの大切なことや秘密を持ち始めていきます。そうした過程にいる彼らにとって、幼年童話は1人で安心して没頭し、想像することを楽しみ、また戻ってくる環境であると考えることができます。そして、幼年童話で遊ぶ中で、自分なりの楽しみ方を知り、1人でいる心地よさを味わうことを経験します。つまり、安心して孤独を楽しむ存在になっていく場所であると考えることができます。

最後にご紹介するのは、そうした姿が象徴されたようなお話である、「ひとりきり」です。この話は、「がまくんとかえるくん」シリーズ4部作の最後の物語です。ある日、がまくんがかえるくんの家を訪ねると留守で、「ひとりきりになりたい」という貼り紙を見つけます。がまくんは驚き、慌ててかえるくんがいそうな場所を探し回りますがなかなか見つかりません。とうとうかえるくんが川の中の小さな島に1人で座っている姿を見つけ、がまくんは、かえるくんは悲しいのだと思い、自分のせいではないかと心配し、友達でいて欲しい一心でサンドイッチとアイスティーを作り、かえるくんに会いに行きます。途中、島まで背中に乗せて運んでくれたカメからは、会いに行くのはやめた方がいいんじゃないかと言われてしまいますが、一生懸命会いに行きます。ところが、やっと会ってみるとかえるくんは、今朝起きたら幸せだったんだということを話し始めます。そして、がまくんとかえるくんは、がまくんが途中で落として水浸しになったサンドイッチを食べながら午後を過ごした、というお話です。

4部作のシリーズを通して、がまくんとかえるくんが激しいケンカをしたり、深刻な仲違いをするといった危機的な状況は描かれていません。そのようなとても仲の良い関係であっても、相手の心の中は分からないということが伝わります。そして、子どもは、心配して探し回るがまくんと一緒に、かえるくんの気持ちに思いを巡らしながら、心配して物語を読み進めていきます。しかし、最後に、かえるくんは実は幸せな想像の中にいたことを知り、驚くとともにほっとします。ここで、少し長いのですが、かえるくんががまくんに伝えた言葉を引用します。

　　ぼくは　うれしいんだよ。
　　とても　うれしいんだ。
　　けさ　めを　さますと
　　おひさまが　てっていて、
　　いい　きもちだった。
　　じぶんが　1ぴきの　かえるだ　ということが、
　　いい　きもちだった。
　　そして　きみという　ともだちが　いてね、
　　それを　おもって　いい　きもちだった。
　　それで　ひとりきりに　なりたかったんだよ。
　　なんで　なにもかも　みんな
　　こんなに　すばらしいのか
　　その　ことを
　　かんがえてみたかったんだよ。[9]

このセリフと、喜びにあふれたかえるくんの挿絵を見て、子どもたちは、1人でいることの心地よさを知ります。そして同時に、1人でいるかえるくんが、物思いから現実に戻り、がまくんと過ごす心地よさも体験します。つまり、1人でいる豊かな世界があるからこそ、一緒にいるのも楽しい。そんな自立した関係性を、がまくんの滑稽さを面白がりながら、温かい雰囲気の中で子どもは経験します。「ひとりきり」の英語の原題は"Alone"ですが、物語の最後にある「ふたりきり」というのは"alone together"という英語になっています。ただ仲の良い友情ではなく「ひとり」と「ひとり」が一緒にいて「ふたり」であることも示されているのではないかと思います。

　この物語の内容からも、自立し、他者からは見えない内面を豊かに育み、安心して孤独を楽しんでいく子どもにとっての1人になれる居場所として、幼年童話を考えることができるのではないかと思います。遊びというと身体を使った活発な遊びが想像されることが多いと思いますが、ゆったりとした静かな楽しみとして、孤独や秘密なども幼年童話のキーワードとして考えられるのではないでしょうか。

おわりに

　本講義では、「遊び」という概念に着目して、子どもが幼年童話を読むことには、一体どのような人間形成上の意味があるのかを検討しました。「がまくんとかえるくん」シリーズの「おてがみ」が小学校2年生の音読学習で取り上げられている事例を検討し、手段として幼年童話が用いられる際、目的に合わせて、物語が単純化・「教訓」化されることが問題点として挙げられました。有用性にとらわれない、物語そのものを楽しむ遊びを通した中で育まれる人間形成の力の1つとして、ヌスバウムの「物語的想像力」に注目しました。

　ここでは、子どもが、外からは窺い知ることのできない、他者の内面に思いを巡らせることで、物語は事実や因果関係だけではない、個別的・具体的な背景を持った登場人物の物語として理解されることが分かりました。そのような物語を通した他者理解が、他者と共に善き生を全うすることのできる社会を能動的に作っていこうとする、世界市民（民主的な市民）の人間形成につながっていくことをご紹介しました。

　そして、一人読みを始めるという幼年童話の特徴に着目すると、幼児期から児童期にかけての子どもにとって、幼年童話は安心して孤独を楽しむ場所として、子どもが自立した主体になっていく環境として意義があるのではないかということが提示できたのではないかと思います。

　今後は、アメリカの幼年童話の状況を整理しながら、子どもが孤独を楽しみ始める居場所、秘密を持つ場所としての幼年童話についても、さらに深めて考えていきたいと思っております。

　本日は、ご清聴ありがとうございました。

9　アーノルド・ローベル 作, 三木卓 訳『ふたりはきょうも（ミセスこどもの本）』文化出版局, 1980, p.62.

幼年童話人気シリーズに学ぶ
子どもの心のとらえ方、ひろげ方

藤本　恵

はじめに
Ⅰ　幼年童話の歴史と評価
　　1　童話・童謡ブームから幼年童話へ
　　2　幼年童話の展開
　　3　エンターテインメント幼年童話への批判
Ⅱ　「まじょ子」のかく乱
　　1　大人から子どもへ、手渡された語り
　　2　結婚って、なに？
　　3　かわいいのは、だれ？
Ⅲ　「小さなおばけ」の成長
　　1　アッチとエッちゃん
　　2　アッチの成長と孤独
　　3　ヒーローとしてのアッチ
おわりに

> 幼年童話には、30年以上にわたって読まれるシリーズ作品がいくつかあります。ただ、大人には魅力が十分に伝わらないのでしょうか、評論や研究で取り上げられることは少ないのです。この講義では、幼年童話のシリーズ作品を紹介しながら、子どもたちの心をとらえる秘密を探り、子どもの読書のひろげ方について考えます。

幼年童話人気シリーズに学ぶ　子どもの心のとらえ方、ひろげ方

はじめに

　皆さま、こんにちは。児童文学連続講座の監修を担当しております藤本恵です。

　今年の総合テーマは、「幼年童話の可能性―聞いて、読んで、物語の世界へ―」としました。3人の講師をお招きし、一人読みを始める小学校低学年前後の子どもたちのための文学と読書について考えていきます。

　私の担当する本講義は3つのパートに分かれておりまして、まず日本の幼年童話の成り立ちや評価について知っていただきます。次に現代幼年童話の代表的な作品「まじょ子」シリーズを読み、最後に「小さなおばけ」シリーズを読んで、幼年童話というジャンル全体について考えていきます。

　私がお話しする幼年童話のシリーズは、どれも読んで楽しい、面白さが身上です。今日は「講義」ですから身構えてしまうところもあるかもしれませんが、皆さまと考えることを楽しめる時間にしたいと思っています。

　…いま「楽しんで」と申し上げたところではありますが、最初にちょっとかたいお話、幼年童話の歴史をふりかえる勉強をしてしまいましょう。1日目の佐々木由美子先生のご講義と重なるところもありますので、できるだけ簡単にお話しします。

Ⅰ　幼年童話の歴史と評価
1　童話・童謡ブームから幼年童話へ

　日本の近代児童文学は、大正7（1918）年、雑誌『赤い鳥』（資料リスト1）の創刊から始まったと言われてきました。その影響は今に至るまで無視できないもので、平成30（2018）年は『赤い鳥』創刊の年から数えて100年目に当たりましたから、さまざまな行事や出版企画がありました。国際子ども図書館でも、もちろん展示や講演会が行われました。[1]

　『赤い鳥』の創刊号には、近代を代表する作家の、よく知られた童話が掲載されているのですが、ご存じでしょうか。芥川龍之介（1892-1927）の『蜘蛛の糸』です。芥川龍之介はもちろん、主に大人向けの文章を書いた作家です。師匠は、こちらも芥川以上に有名な作家、夏目漱石（1867-1916）です。雑誌『赤い鳥』を主宰した鈴木三重吉（1882-1936）も漱石の弟子で、芥川にとっては兄弟子にあたります。芥川は、三重吉の依頼で童話として『蜘蛛の糸』を書きました。ここに表れているように、三重吉は大人向けの小説や詩、いわゆる純文学を書いていた知り合いを雑誌『赤い鳥』へ、子どもの文学の世界へ引っ張り込みました。そして新ジャンルとして「童話」や「童謡」を書かせて、子ども向け読みものの質を上げようとしたのです。

　三重吉の童話・童謡運動は、当時の社会状況にも合って、大正時代の短い期間ではありますが、大ブームを起こしました。その中から、今も読まれる童話、歌われる童謡が生まれています。代表的な幼年童話の書き手の1人、浜田廣介（1893-1973）もここから出てきた作家です。廣介の代表作『泣いた赤おに』（資料リスト2）は昭和の初めに書かれて、その後何度も童話集に収められたり、絵本化されたりして、長く広く読まれました。今も小学校2年生の国語科教科書に載っていますが、ここでは、歴史的な資料ということで、国立国会図書館のデジタルコレクションに入っているプランゲ文庫の版を紹介してみます。

　プランゲ文庫は、戦後占領期に連合国最高司令官総司令部（GHQ/SCAP）による検閲を受け

1　『赤い鳥』創刊100年―誌面を彩った作品と作家たち
　　< https://www.kodomo.go.jp/event/exhibition/tenji2018-03.html >
　　講演会「『赤い鳥』を学ぶ」< https://www.kodomo.go.jp/event/event/event2018-04.html >
　　講演会「『赤い鳥』童謡と音楽」< https://www.kodomo.go.jp/event/event/event2018-10.html >

た出版物と文書類のコレクションで、占領下の検閲の実態を示すとともに、この時期の児童文学・児童文化や出版状況を知る貴重な歴史的資料とされています。つまり、プランゲ文庫に『泣いた赤おに』が含まれていることは、この幼年童話が戦後の混乱期にも刊行され続けていたことを示している、と言えます。冒頭を読んでみましょう。

　　どこの山か、わかりません。その山の、がけの所に、家がいっけんたっていました。きこりが、すんでいたのでしょうか。いいえ、そうではありません。そんなら、くまが、そこにすまっていたのでしょうか。いいえ、そうでもありません。そこには、わかい赤おにが、たったひとりで、すまっていました。[2]

たいへんやわらかな始まり方ですね。読んでみて、「ああ、あのお話ね」と思い出した方もおられるかもしれません。人間と仲良くしたい、心優しいおにのお話です。

先にも申しましたように、『泣いた赤おに』は昭和の初めに書かれました。この頃には、大正時代のあの童話・童謡ブームは衰退していました。マンガやレコード、ラジオなど新しいメディアの登場で、文学性の高い童話・童謡が廃れてしまったようです。この頃の様子をまとめた文章を、やはりデジタルコレクションで読んでみましょう。童話作家・奈街(なまち)三郎としても活動した山田三郎（1907-1978）が戦時中に書いたものです。

　　兒童文學本來のレエゾン・デエトル[3]を失つたこの不振、沈潜の時代に、かすかであつたが、あたたかい手をさしのべたものがあつた。それは、ごく一部の高級な幼年繪雜誌である。（中略）兒童文學の暗黒期に、幼年童話だけがジヤアナリズムの表面に現れ、皮相ないひ方をすれば、幼年童話が、辛ふじて、文學としての童話の流れを止めずにゐた、といへるだらうし、また幼年童話こそ、後の童話文學復興の根底的役割を果してきたともいへるのである。[4]

これを読むと、昭和・戦前の児童文学者が、幼年童話をたいへん文学性の高いものと認識し、評価していたことが分かります。

2　幼年童話の展開

こうした評価が変わってくるのが、戦後です。戦前を近代、戦後を現代とすれば、現代の児童文学を打ち立てようとした人々は、近代を代表する童話、例えば『泣いた赤おに』を次のように批判します。

　　書き出しはまったくむちゃです。導入部は、時・場所・人物などを、読者にはっきりとわからせるような書き方が、なによりもたいせつです。（中略）子どもを混乱させ、物語の発展をとめる以外になんの効果もありません。[5]

お読みになって、皆さん、どんな風にお感じになりましたか。先ほどご紹介した『泣いた赤おに』の「書き出し」、つまり「どこの山か、わかりません」というのは、確かにぼんやりし

2　浜田広介 著, 黒崎義介 画『泣いた赤おに：三・四年ぎんのすず学級文庫』広島図書株式会社, 1949, p.5.
3　「レーゾンデートル」とも（仏 raison d'être）。存在理由。存在価値。(小学館『デジタル大辞泉』より)
4　山田三郎「幼年童話の流域と今後の使命」日本少国民文化協会 編『少国民文化論』国民図書刊行会, 1945, pp.85-86.
5　石井桃子 等著『子どもと文学（中央公論文庫）』中央公論社, 1960, pp.68-69. 該当箇所の執筆は松居直。

ています。「わかりません」と書いてあるのですから、反論のしようもありません。けれども、『泣いた赤おに』には声に出して読んだときの良さ、気持ちの良いリズムというのはあったと思うのです。この良さについては、かつての児童文学連続講座で宮川健郎先生が語っておられました[6]。

ですが、ともかく、現代児童文学の出発期には、「子どもの文学は（子どもにとって）おもしろく、はっきりわかりやすく」という主張のもと、近代の作品を乗り越えようとしたようです。その結果、確かに新しい幼年童話が生まれてきました。『ながいながいペンギンの話』（1957, 資料リスト7）、『ぼくは王さま』（1961, 資料リスト8）、『いやいやえん』（1962, 資料リスト9）、『ちいさいモモちゃん』（1964, 資料リスト10）、『くまの子ウーフ』（1969, 資料リスト11）などです。

これらは1950年代後半から60年代に刊行された、現代幼年童話を代表する作品です。シリーズ化されたり、絵本になったり、教科書に載ったりして広く読まれましたから、1つくらいは読んだことがある、見たことがあるという方もおられるかもしれません。

これらは、大人にとってかわいい子ども、なつかしい幼年時代を描くのではなく、子どもの感覚や疑問に則した叙述で物語を展開し、子どもの在りようや成長を表現した新しい幼年童話と言われました。「大人の独善的メルヘンから子どもの内面に則した物語へと大転換をとげた」[7]と、高く評価されたのです。

1970年代になると児童書出版の好況にも支えられて多くの幼年童話が刊行されますが、早くも70年代の後半には「問い直し」が始まり、80年代には、雑誌『日本児童文学』誌上で「危機」が叫ばれるようになります。いったい、どんな「危機」だったのでしょうか。

3　エンターテインメント幼年童話への批判

1980年代には、雑誌『日本児童文学』の中で4回ほど幼年童話を考える特集が組まれています。例えば「座談会　幼年童話を考える」（1980, 資料リスト13）では、砂田弘（1933-2008）が、商業主義に振り回されて、作家の主体性が見えないと指摘しています。

> 一番需要が多くてしかも商品として売れるジャンルということで、幼年童話に出版が集中されてくる。（中略）アイディアだけにたよった、内的必然性の非常に弱い作品しか生まれないことになる。それはもちろん作家主体の問題とかかわってくる[8]

また、「幼年文学の現在をめぐって―古田足日氏に聞く（聞き手：砂田弘）」（1985, 資料リスト14）では、作家の思想や主張がなく、安易に子どもの面白がる要素を採用していると指摘したうえで、以下のように総括されています。

> 角町さん[9]は自分の主張、自分の思想を高学年向きの作品ではきちんと書いていると思うんです。ところが『おばけのアッチ、コッチ』になるとそれが感じられない。そこではおばけが、まるきりペット化してしまったという感じがします。
> 　（中略）

6　国際子ども図書館平成21年度児童文学連続講座「幼年童話」
　　< https://www.kodomo.go.jp/about/publications/outline/21.html >
7　神宮輝夫著『現代日本の児童文学（家庭文庫）』評論社, 1974, p.121.
8　「座談会 幼年童話を考える」日本児童文学者協会 編『日本児童文学』26（14）（309）, 1980, pp. 15-16.
9　角野栄子について述べている箇所だが、原文ママ「角町さん」と表記している。

相対的にいって六〇年代は高揚期、それから七〇年代は安定期とでもいいましょうか。さまざまの問題をかかえ始めた反省期ということになるのかもしれませんが、そうなると八〇年代は混迷期あるいは沈滞期といったことになるでしょうか。[10]

80年代の作品にはこのような批判がつきまとっています。ですが、80年代はエンターテインメント系の幼年童話シリーズが出揃うという意味では、もう1つの「高揚期」です。もちろん、全てが児童文学史上に残るような名作ではなかったかもしれませんが、大人の批判をよそに、子ども読者に長く読み継がれた作品には、何かがあるのではないでしょうか。後半は、そのようなシリーズとして、藤真知子の「まじょ子」と角野栄子の「小さなおばけ」のシリーズを読んでいきたいと思います。

Ⅱ 「まじょ子」のかく乱
1 大人から子どもへ、手渡された語り

では早速、「まじょ子」シリーズ[11]に入っていきます。

このシリーズは1985年に始まって、2018年4月に第60巻を出したところで休止となりました。30年以上続いたシリーズですから、残念ながら、今日の限られた時間の中で全巻を見渡すことはできません。先ほどの歴史と評価のところで問題となっていた1980年代、つまり「まじょ子」60巻を支える骨組みが形成されるところに注目します。

第1巻『まじょ子どんな子ふしぎな子』（資料リスト15）は、「ふしぎな子」と出会う4人のおはなしを連ねた連作短編集になっています。語り手となる4人は全て大人で、自分の経験を一人称で語ります。第1話のはじまりを見てみます。

　さくら通りの　こうえんよこの　こうばんって、しってますか？
　そこが、ぼく、しんまいおまわりさんの　しごとばなんです。[12]

つまり、語り手は新米巡査の「ぼく」、大人ですね。彼のところに小さな女の子がやってきます。この子が、まじょ子です。深夜の交番で、「ぼく」はまじょ子に不思議な魔女の世界を垣間見させられ、最後はまじょ子のママが迎えに来て、おしまい。おまわりさんはまじょ子に振り回されて、終始、どぎまぎしています。

第1巻には4つのお話が入っていますが、さくら通りで仕事をしている大人のところにまじょ子がやってきて、不思議な世界を体験させ、大人がその体験を語るという形式は同じです。続く第2巻『ふしぎなくにのまじょ子』（1986）、第3巻『いたずらまじょ子のボーイフレンド』（1987）では、まじょ子に出会う登場人物かつ語り手の中には子どももいますけれど、それでも、語り手となる登場人物がそれぞれ異なる短編を連ねていくという形式は同じです。これが変わるのは、第4巻『まじょ子のこわがらせこうかんにっき』（1988, 資料リスト16）です。

どう変わるのかと申しますと、語り手となる登場人物が複数ではなく1人の子どもになります。ただし、分岐点となる第4巻では、子どもの語りではなく、子どもの書いた交換日記の文章という形をとっています。

---

[10] 「幼年文学の現在をめぐって—古田足日氏に聞く（聞き手：砂田弘）」日本児童文学者協会 編『日本児童文学』31（12）（373），1985, pp.8-11.
[11] 藤真知子オフィシャルサイト <http://www.machiko-fuji.jp/witch>
[12] 藤真知子 作, ゆーちみえこ 絵『まじょ子どんな子ふしぎな子（学年別こどもおはなし劇場・2年生）』ポプラ社, 1985, p.2.

この巻でまじょ子と出会うるみは、相手を怖がらせるような日記を書いて、まじょ子と交換します。2人の書く日記の部分とるみの語りの部分は、書体が違っていて、目で見て分かるようになっています。人間と魔女、それぞれの学校でどんな授業をしているか、るみとまじょ子が報告しあっているところを見てみましょう。るみが人間の学校の様子を書いたあと、書体が変わって「ふふっ、どうかな？がんばって、かいたんだもん。まじょ子ちゃんは　こわがるかな？」[13]となっていて、ここだけがるみの語りです。それを挟んで、まじょ子の日記が始まります。このページに表れていますように、るみという子どもの語りはほんの少しで、日記という形で子どものことばが導入されています。

　児童文学作品では、登場人物が幼ければ幼いほど、一人称の語り手の役目をこなすのは難しいと思います。長編ならばなおのことで、複雑な展開を持つ物語を、子どもの語り手が筋の通った文章で支えていくのは難しいでしょう。幼年童話の読者と同じ小学校就学前後の子どもがそのような語り手を務めた場合、読者にも不自然さを感じさせると思います。それで、まじょ子シリーズも初めは大人の語り手、しかも、読みやすい短編の連作という形をとったのではないでしょうか。

　そこに少しずつ子どもの語り手を登場させ、子どもの書きことばとして不自然さを感じさせにくい日記という形をとることで、1人の子どもに1冊を通しての主人公と語り手を務めさせる方向へ舵を切ったように見えます。このあと、まじょ子シリーズでは基本的に、1巻に1人の子どもが登場して、まじょ子と出会って体験した不思議な出来事を自分で語っていく、長編に近い形式がとられるようになります。

　つまり、このシリーズは大人の読み聞かせに近い語りから、子どもの一人語りに近い形に変化したということです。もちろん実際に書いているのは藤真知子という大人の作家ですが、子どもがまじょ子との体験を自分のことばで語る形式をとるようになったことは、1つの進化だったのではないかと思います。

2　結婚って、なに？

　では、まじょ子と出会った子どもはどのような体験を語っているのでしょうか。第6巻『まじょ子のすてきなおうじさま』(1989, 資料リスト17) では、結婚に憧れるマホが、まじょ子と一緒にいろいろな結婚式を見て周ります。その中には、おとぎばなしのような「すてきなおうじさま」と「おひめさま」の結婚式もあるのですが…クライマックスのシーンを読んでみましょう。

　「では、おふたりに　キスして　いただきましょう。」
　きょじんの　しかいしゃが　いって、みんなは　いっせいに　はくしゅします。
　うわあ、すてき。わたしも　まじょ子ちゃんも　いっしょに　はくしゅしました。
　ところが、おうじさまが　おひめさまに　キスしたとたん、キャッ、おひめさまは　かいじゅうに　はやがわり。
　かいじゅうに　なってしまった　おひめさまが、いいました。
　「あらら、おうじさまが　キスすると、まほうが　とけるの、わすれてたわ。」
　そうしたら、おうじさまが　いいました。

---

[13] 藤真知子 作, ゆーちみえこ 絵『まじょ子のこわがらせこうかんにっき（学年別こどもおはなし劇場・2年生）』ポプラ社, 1988, p.53.

「ぼくは　かいじゅうと　けっこん　するのは　はじめてだよ。一〇五にんの　おくさんの　なかに　ひとりくらい、かいじゅうが　いたって　いいさ。」
　そういって、また　かいじゅうの　おひめさまに　キスしました。
「ええーっ！」
　わたしたちは、おもわず　大声を　だしました。[14]

　おとぎばなしのパターンを踏まえながら、ひっくり返していることが分かりますでしょうか。近代以降、次第に整えられていったお姫様が主人公の物語、つまり白雪姫やシンデレラなど、伝承文芸にルーツのあるおとぎばなしには、話型（パターン）があります。美しいお姫様が危機に陥り、強い王子様に救われ、恋に落ちてハッピーエンド。これは女の子向けに語られるおとぎばなしで、男の子向けには桃太郎や一寸法師のようなお話があると思います。こちらの方では、ある欠損…一寸法師の場合は小さいとか、桃太郎の場合は桃から生まれて父母がいないとか、育った村が鬼に襲われるとか…そのような欠損を抱えながらも、たくましく育った少年が、強大な敵を倒して、財産や妻を得て幸せになります。
　多くの伝承物語が最初からこのような形であったわけではありません。近代社会の中で、常識や理想に合うように語り直され、活字化されていく過程で、話型が整えられていったと考えられています。この話型が、ジェンダーと異性愛に従って生きればよいという幸福観を子どもたちに教育してきた、とも言われています。しかし、今ではこのような生き方の強制が多様性を損なうものとして批判されていることは、恐らく、皆さまご存じかと思います。
　少し話型の話が長くなりましたが、『まじょ子のすてきなおうじさま』は、これをひっくり返しているというか、混ぜっ返していますよね。王子様のキスでお姫様は救われるのではなく、「かいじゅう」としての姿を取り戻してしまいますし、王子様はとんでもない重婚をしていることが分かってしまうのです。

3　かわいいのは、だれ？

　おとぎばなしの型どおりのお姫様は、美しくあることも重要でした。白雪姫は、美しいから継母の嫉妬を買って危機に陥りましたが、美しいから王子に救われて生き延びることもできたのです。型にはまった容姿の美しさへのこだわりも、最近では「ルッキズム」ということばが使われるようになって、批判的に話題にされていますね。
　第7巻『いたずらまじょ子とかがみのくに』（1989, 資料リスト18）では、エリカがまじょ子とかがみのくにに行きます。そこでは「かわいい」と「こわい」の基準が、「にせもの」の鏡の精の魔法でひっくり返っています。そのために大混乱を起こした「かがみのくに」で、エリカとまじょ子は冒険をします。最後にばけものと対峙するのですが、「こわい」はずのばけものが魔法で「かわいい」ということになっています。ばけものたちは「かわいさ」と抱き合わせになりがちな弱さ…これはどちらも女性ジェンダーですね…を身につけてしまっていて、戦えず、エリカとまじょ子は助かります。

　わたしたちは、いっしゅん　ぎょっと　しました。
　やだ、きもち　わるーい。こんな　ばけものたちに　おいかけられたら　どうしよう。

14　藤真知子 作, ゆーちみえこ 絵『まじょ子のすてきなおうじさま（学年別こどもおはなし劇場・2年生）』ポプラ社, 1989, pp.97-98.

ところが……、
「やだあ、きもちわるーい。こんな こわーい かいじゅうみたいな 女の子なんて、わたしたち かわいこちゃんの おばけは やっつけられなーい。」
って、ばけものたちが さけんだんです。[15]

さらに、にせものの鏡の精が退場した国で、元の基準で「美しい」とされる美女たちが、そうあるために無理な努力を重ねていることが明かされていきます。美が他者の基準や視線、そして本人の努力によって後天的に作られるものであることが示されるのです。

「なんていっても、まい日の どりょくよ。
つめたい かんじの 美女っていう ふんいきを だすには、ふとってちゃ こまるでしょ？」
たいじゅうけいに のったり、ウエストを はかったり。まい日、三じかんの さかだちに、びようたいそうは 一じかん。ダイエットも してて、ここ 一か月の おしょくじは、山の いずみの つららと、アルプスの 雪の シャーベットだけ ですって。[16]

ドタバタ劇の中で、みんなの憧れる「かわいい」には文字通り弱点があること、「美しい」は作られた型で、自分をあてはめるには不自然な苦労をともなうことが分かってきます。ここが『いたずらまじょ子とかがみのくに』の面白さだと思います。

このシリーズで、まじょ子は、突然人間の子どものところにやってくる訪問者です。日常や常識をかく乱して、それらが意外にもろいことを明かし、別の在り方や世界があることに気付かせます。子ども読者は、このかく乱、ドタバタ劇を楽しむのではないでしょうか。

年月と巻数を重ねてまじょ子がどうなっていくのかも見たいところではありますが、第7巻で1980年代は終わりました。ここで、シリーズを「小さなおばけ」に移して、やはり80年代を追ってみたいと思います。

Ⅲ 「小さなおばけ」の成長
1 アッチとエッちゃん

角野栄子の「小さなおばけ」シリーズ[17]は1979年2月に第1巻『スパゲッティがたべたいよう』（資料リスト19）が刊行されまして、2000年代に休止期間を挟みながら、現在までに47巻出ています。最新の47巻は2023年に刊行されたばかりで、今も動き続けているシリーズです。

出てくるおばけは、アッチ、コッチ、ソッチ。それぞれの物語があるのですが、今回はアッチの1980年代に注目してみます。

アッチは、レストランの屋根裏に住んでいるこんなおばけとして登場してきます。

アッチは 夜に なると、やねうらから ふうーっと 下の レストランへ とびだしていきます。
すがたを けして、ドアを ばたんと けとばしたり、ウェイトレスの 手から おさら

---
15 藤真知子作, ゆーちみえこ絵『いたずらまじょ子とかがみのくに（学年別こどもおはなし劇場・2年生）』ポプラ社, 1989, p.48.
16 同 p.76.
17 アッチ・コッチ・ソッチの小さなおばけシリーズ <https://www.poplar.co.jp/chiisana-obake/books.html>

幼年童話人気シリーズに学ぶ　子どもの心のとらえ方、ひろげ方

を　たたきおとしたり、ナイフや　フォークを　かくしたり、みんなが　おどろいた　すきに、ふふふと　わらって、ごちそうの　いちばん　おいしいところだけ　よこどりして　しまうのです。[18]

　このアッチはちょっと怖い、人間を脅かすところのあるおばけですね。アッチはある晩、良いにおいにひかれて、1人で留守番しながら夕食をとろうとしている女の子エッちゃんの家に入り込みます。いつものように脅して、エッちゃんのスパゲッティをとろうとするのですが、大きなおばけに変装したエッちゃんに逆に脅かされ、諭されてしまいます。

　　大きな　おばけは、白い　きれを　ばさっと　おとしました。つづいて、下の　ふとんをはねのけました。
　　すると、そこには、エッちゃんが　わらいながら　たっていました。
　　「ねえ、アッチくん。ほしいときは、おどかしたって　だめなのよ。」
　　エッちゃんは、やさしく　いいました。[19]

　エッちゃんはアッチに、人に依頼することを教え、料理も教えます。こうして、おばけと人間の子どもの力関係が逆転していくところが、このお話のポイントで、子どもにとって、面白いのだろうと思います。
　小さいものの方が強いパターンのお話は、先ほど別の文脈で触れた一寸法師とか、ジャンルは違いますがアニメのトムとジェリーとか、たくさんありますね。大人という文字通り大きな人間に囲まれて、抑圧や脅威を感じながら暮らしている子どもたちは、このような逆転の物語で、日常から少し解放されるのかもしれません。

2　アッチの成長と孤独
　さて、こんな風に始まるシリーズの中で、アッチは変化していきます。試験を受けてコックの資格をとり、他者のために料理をするようになるのです。それは、『アッチのオムレツぽぽぽぽ～ん』（1986, 資料リスト 20）のエッちゃんの言葉に表れているでしょう。

　　「でも　アッチは、ちょっと　ちがうわ。くいしんぼうの　ままじゃ　なかったわ。　りっぱに　コックさんに　なったもん。」
　　エッちゃんは、アッチの　みかたを　しました。[20]

　もう1つ注目したいのは、エッちゃんやそのほかの友達もできて、コックになるという目標を成し遂げたアッチに、裏側といいますか、影のようなものがあることです。実は、アッチはいつも寂しいのです。例えば次のようなシーンがあります。

　　おばけは、いつも　ひとりです。
　　おじいちゃんも　おばあちゃんも、おとうさんも　おかあさんも　いないので、なにも

---

[18]　角野栄子 さく, 佐々木洋子 え『スパゲッティがたべたいよう（ポプラ社の小さな童話）』ポプラ社, 1979, pp.4-5.
[19]　同 p.62.
[20]　角野栄子 さく, 佐々木洋子 え『アッチのオムレツぽぽぽぽ～ん（ポプラ社の小さな童話. 角野栄子の小さなおばけシリーズ）』ポプラ社, 1986, pp.18-19.

おしえてもらった　ことは、ありません。
　　ぜんぶ　ひとりで　かんがえて、ひとりで　やってきたのです。
　　だから　お月(つき)さまを　ふやすことなんて、どうやって　いいのか、わかりません。[21]

　アッチは、自分の食欲を満たすために他者を困らせる存在から、他者の食欲を満たすために料理をする存在に変わりました。一方で、家族のいない寂しさを感じ続けているのです。
　そのせいでしょうか、アッチは、子どもの寂しさと結びつきやすいようです。思えば、エッちゃんに出会ったのも、エッちゃんが家族のいない家で留守番をしていたときでした。アッチは料理や食事を介して他者と関わるのですが、その他者の中には、家族と離れて寂しさを感じている子どもが複数います。
　例えば、『おこさまランチがにげだした』（1987, 資料リスト21）で、アッチは、1人で寝ている病気の子どもターくんのところに行きます。ターくんの不安を受け止め、「だいじょうぶさ。」[22]と請け合う場面のアッチは、まるで正義のヒーローのように見えます。その次のページの挿絵は、誰もが知っている、あのアンパンマンに似ているでしょうか…アッチは成長して、自分と同じ寂しい思いをしている子どもを救うヒーローになったようです。

3　ヒーローとしてのアッチ
　こうしたアッチのお話をもっと楽しむために、ここで、また別の物語のパターンを紹介してみます。石井直人先生が示された、〈成長物語〉と〈遍歴物語〉です。

　〈成長物語〉では、主人公は一つの人格という立体的な奥行きをもった個人である。主人公が経験したことは、その内面に累積していって、自己形成(ビルドゥング)が行われる。（中略）
　〈遍歴物語〉は、対比的に、主人公はむしろある抽象的な観念(イデエ)であって、それが肉化したものとしての人物であるにすぎない。いわば、主人公そのものはどうだっていいというところがあり、重要なのは作品を通じて繰り返し試される観念の方である。
　成長物語は、主人公の成長により、誕生から死までという時間に縁取られているが、遍歴物語は、空間を彷徨することによって、原理的には終わりはなく、いくらでも物語は続けていくことができる。実際の作品はたいてい二つのタイプの混合した中間形態である。[23]

　この〈成長物語〉と〈遍歴物語〉は、昨日の佐々木由美子先生のご講義「幼年童話概論」で紹介された「進行型」と「循環型」の物語とほぼ同じものかと思います。
　アッチの物語は、コックの試験に合格するあたりまで〈成長物語〉です。アッチは幼年童話の主人公でありながら、先ほども申しましたように寂しさという裏側、石井直人先生の言葉を借りれば「立体的な奥行き」を持っています。そして、自分と同じような寂しさを感じている子どもを助けるコックとして「自己形成」をしていくのです。
　コックになった後のアッチは〈遍歴物語〉を生きることになります。〈遍歴物語〉の典型としては、先ほども挙げたアンパンマンを思い浮かべていただくとよいのですが、アンパンマン

21　同pp.32-33.
22　角野栄子　さく，佐々木洋子　え『おこさまランチがにげだした（ポプラ社の小さな童話. 角野栄子の小さなおばけシリーズ）』ポプラ社, 1987, p.43.
23　石井直人「児童文学における〈成長物語〉と〈遍歴物語〉の二つのタイプについて」日本児童文学学会 編『日本児童文学学会々報』(19), 1985 なお、講義中の引用は日本児童文学者協会 編『転換する子どもと文学：1980-1989（現代児童文学論集；第5巻）』日本図書センター, 2007, pp.85-86.

は悪事を働く敵を毎回やっつけますね。正義という観念が毎回試され、毎回勝っていることになります。ダメージを受けても、作り直してもらうことができますから、不死身で、アンパンマンは終わらない〈遍歴物語〉です。

アッチは見た目もちょっとアンパンマンに似ていますが、なにしろおばけですから、成長しても死なない、自由に飛び回って「空間を彷徨」しやすいところも同じです。おばけは、「原理的には終わ」らない遍歴物語の主人公としてぴったりなのです。

アッチの物語がどんな「抽象的な観念」を試しているのかは解釈が分かれるかもしれません。皆さんは何だとお考えになりますか。それぞれにお考えをめぐらせてみてください。

ともあれ、アッチの物語は石井先生が「実際の作品はたいてい二つのタイプの混合した中間形態」とおっしゃるとおりの形になっています。まじょ子シリーズと対比してまとめますと、アッチは「日常的な問題を解決して成長していく定住者」ではないでしょうか。「訪問者」として日常をかく乱したまじょ子とは、この点で対照的です。成長物語の主人公であり、子ども読者はこれを読むことで充実感や学びを得られるでしょう。そして、遍歴物語の主人公でもあるアッチによって、寂しさから救われるという安心感に触れつづけることもできるのではないでしょうか。

おわりに

ここまで、現代を代表する2つの幼年童話のシリーズを、ほんの一部ではありますが、読んでまいりました。研究や批評のうえではあまり評価されてこなかった両シリーズですが、戦前や1960年代の幼年童話とは違う魅力を持っていることを伝えられたでしょうか。

「まじょ子」シリーズの語りは決して安易ではなく、子ども読者に近づこうと工夫されたものでした。子どものことばで語られた物語は、子どもにとって親しみやすいはずです。また、既成の物語や常識をひっくり返していくような展開は、一人読みを始めた子どもたちに、大人という規範から離れて読むことの楽しさを感じさせてくれるでしょう。

「小さなおばけ」シリーズの方は、パターン通りのお話ではありますが、安定感があります。幼年童話でパターンに触れることは、そのあと別の〈成長物語〉や〈遍歴物語〉の世界へ入っていくときのハードルを下げることでしょう。また、物語には様々なパターンがあり、批判されたり、廃れたりしたものもありますが、〈成長物語〉や〈遍歴物語〉がなぜ残ってきたのか、子どもの生活や成長にどのように関わるのかは、別の機会にさらに考えてみたいところです。

かつては名指しで作家自身の主張や思想が感じられないと批判された「小さなおばけ」シリーズではありますが、通して読んでみると「成長」というテーマが見えてきます。これは、角野栄子の高学年向け長編ファンタジー「魔女の宅急便」シリーズと同じです。両シリーズには、人間の成長を、人間に近いけれども人間ではないものによって描くという共通点があり、作家性を見出すこともできるでしょう。

幼年童話の読者は大人から遠く、ある作品が子どもに支持される理由が大人にはなかなか見えないことも多いようです。だからこそ、大人の基準で切り捨ててはいけないのではないでしょうか。子ども読者の反応を受けとり、丁寧に読んでいく作業を続けていきたいと思っています。

国際子ども図書館の小学生向けサービス

小平　志保

はじめに
Ⅰ　国際子ども図書館の紹介
　1　国際子ども図書館について
　2　国際子ども図書館の役割
Ⅱ　子どもの成長段階に応じた館内サービス
　1　子どものへや・世界を知るへや
　　（1）　閲覧室① 子どものへや
　　（2）　閲覧室② 世界を知るへや
　2　小学生を対象としたサービス
　　（1）　定例イベント
　　（2）　季節のイベント
　　（3）　上野公園地区に所在する近隣文化機関との連携イベント
Ⅲ　学校・学校図書館等支援サービス
　1　小学生以下向け見学の実施
　2　学校図書館セット貸出し
　3　講座・研修
Ⅳ　ホームページでの情報発信
　1　小学生向け
　　（1）　子どもOPAC
　　（2）　キッズページ
　　（3）　年齢に応じた新たなコンテンツの新設
　2　児童サービスに従事する大人向け
　　（1）　「子どもの読書活動推進」ページ
　　（2）　講座・研修等の配信
　　（3）　リサーチ・ナビ（児童書）
おわりに

> 　国際子ども図書館では、子どもたちに読書の楽しさを伝え、図書館や本の世界に親しむきっかけを提供することを目的として、年齢に応じたさまざまな読書支援サービスを行っています。今年度は、小学生向けのサービスについて、子どもと本を結びつける役割を担う学校や学校図書館への支援活動も含めてご紹介します。

はじめに

国際子ども図書館児童サービス課の小平と申します。

児童サービス課では、18歳未満の利用者への読書に関するサービス業務を行っています。18歳未満なので、その対象は、赤ちゃんから小学生そして中高生と幅広いのですが、本日は、今年度の講座のテーマに沿って、「国際子ども図書館の小学生向けサービス」についてお話ししたいと思います。

それでは、本日の内容です。本日は、大きく4つに分けてお話します。まず、国際子ども図書館の概要について簡単にご説明します。2番目に、国際子ども図書館が子どもの成長段階に応じた館内サービスをどのように行っているかについて、具体例を示しながらご紹介します。3番目に、国際子ども図書館が行っている学校・学校図書館等支援サービスについてご紹介します。そして最後に、国際子ども図書館ホームページで発信している情報についてご紹介します。

Ⅰ 国際子ども図書館の紹介

それでは、まず国際子ども図書館について、簡単にご紹介します。

1 国際子ども図書館について

国際子ども図書館は、平成12（2000）年に開館しました。国内では唯一の国立の児童書専門図書館となります。正式名称は「国立国会図書館国際子ども図書館」といい、名前の通り国立国会図書館の一組織であり、立法府に属する機関となります。

所蔵資料は、約70万点で、国内資料は、納本制度に基づき日本国内で刊行された児童図書や児童雑誌、学習参考書や児童向けのDVD、CD-ROMなどと、平成14（2002）年度以降の学校教科書・教師用指導書を収集し、外国資料は、約160の国と地域、約140の言語の児童書や関連資料を購入や国際交換などによって収集しています。

建物は、明治39（1906）年に建てられた帝国図書館時代からのものを改修増築したレンガ棟と、平成27（2015）年に新たに増築したアーチ棟からなります。

東京都台東区上野公園内にあり、近隣には多くの文化機関があります。

2 国際子ども図書館の役割

次に、国際子ども図書館が持つ3つの基本的な役割についてお話しします。

まず、1つ目が児童書専門図書館としての役割です。日本で唯一の国立の児童書専門図書館として、国内外の児童書および関連資料を収集・保存・提供するとともに、児童書に関する専門的な情報を広く発信することにより、児童書や子どもの読書に関わる多様な活動を支援します。

2つ目が、子どもと本のふれあいの場としての役割です。国際子ども図書館だけでなく、インターネットや身近な図書館を通じて、全ての子どもが本とふれあい、図書館や読書に親しむきっかけを提供します。

3つ目が、子どもの本のミュージアムとしての役割です。国際子ども図書館では、東京都の歴史的建造物に選定された建物を活かしながら、本の魅力に触れ、本に親しむ契機となる場として、さまざまな展示や催物を開催します。

Ⅱ 子どもの成長段階に応じた館内サービス

　それでは、国際子ども図書館が提供している子どもの成長段階に応じた館内サービス、特に今回は小学生向けの来館サービスである、閲覧室やイベントなどについてご紹介していきます。

1　子どものへや・世界を知るへや
（1）　閲覧室① 子どものへや

　小学生向けの閲覧室として、「子どものへや」と「世界を知るへや」があります。

　「子どものへや」は、長く読み継がれてきて評価の定まった絵本や物語、各分野の基本的な知識の本など、日本語の児童書約10,000冊を開架しています。

　さらに室内では、3か月ごとに季節や子どもの興味を引くテーマで小展示を行い、本の紹介をしています。

　この部屋では、小学生以下を対象とした児童図書館の蔵書構築のモデルを提示することを目指すとともに、子どもと本のふれあいの場として、子どもが本に親しむきっかけとなり、その後の読書や図書館の利用につながるサービスを提供することを目的としています。

　設備面では、快適な読書環境を提供するために、閲覧室の中央に円形の書架を配置しています。円形の書架の中には閲覧席があり、書架の高さを子どもの背の高さに合わせています。

　また、天井は全面を照明にした「光天井（ひかりてんじょう）」となっており、子どもがどの場所で本を読んでも影ができにくい工夫がされています。

　週末になりますと、多くの親子連れが訪れ、一緒に絵本を読んだり、大人が子どもに読み聞かせをしたりしている姿が見られます。

（2）　閲覧室② 世界を知るへや

　「子どものへや」の隣にある「世界を知るへや」は、世界の国や地域の地理、歴史、文化などを紹介する本など、子どもたちが世界に興味や関心を持ち、国際理解を深めることを目的とした本と、外国語の本、合わせて約2,000冊を開架しています。

　この部屋は、帝国図書館時代は貴賓室として利用されており、国際子ども図書館となる際に、できるだけ帝国図書館時代の内装を保存する形で改修工事が行われました。

　書架外周には、世界の国や地域を知るための日本語・外国語の児童書、SDGs関連図書などを開架しています。

　書架内周にはABCの本、かずの本、日本語から外国語に翻訳された児童書に加え、IFLA（国際図書館連盟）の「IFLA絵本で世界を知ろうプログラム」で選ばれた絵本の一部を開架しています。

2　小学生を対象としたサービス
（1）　定例イベント
　・子どものためのおはなし会

　次に、図書館や本の世界に親しむきっかけを提供することを目的としたイベントをご紹介します。

　定例のイベントとして、国際子ども図書館では、毎週土曜日の午後2回、4歳以上中学生以下の子どもとその保護者30名までを対象に、職員が絵本の読み聞かせ、わらべうたや手遊びなどをする「子どものためのおはなし会」を行っています。

　こちらのイベントは当日自由参加となっていますので、その日に来館した親子連れが気軽に

参加できるイベントとなっています。
　たまに、この「おはなし会」に参加した親子が、会の終了後に、「子どものへや」で読み聞かせした本を手に取って読んでいる姿も目にします。

(2) 季節のイベント
・こどもの日おたのしみ会
　定例のイベントの他に行っている、季節ごとのイベントについて、昨年度の実施例をいくつかご紹介します。
　5月5日のこどもの日には、「こどもの日おたのしみ会」を開催し、定例のイベントと同様、手遊びやわらべうた、絵本の読み聞かせを行いました。
　このイベントは、令和2（2020）年度から令和3（2021）年度まで、新型コロナウイルス感染症拡大防止のため開催を休止していましたが、令和4（2022）年度より再開しました。令和5（2023）年度は、さらに参加可能人数を増やして開催しました。

・夏休み読書キャンペーン
　小学生を対象とした季節のイベント、2つ目は、小学生にとって長期の休みとなる夏休み期間に、子どもがさまざまな本に出会うための企画として、本を読んで問題に答えるクイズ形式の「夏休み読書キャンペーン」です。
　クイズは、読解力に幅のある幼児から小学生までのいろいろな子どもたちが楽しめるよう、初級・中級・上級の3種類を用意しています。
　問題用紙を「子どものへや」の入口に置き、問題に書かれている本を読んでから、問題を解いてもらいます。
　ちなみに、令和4年度は、期間中に延べ1,690名に参加していただけました。
　また、この問題と解答は国際子ども図書館のホームページ[1]にも掲載しており、来館できない子どもでも居住地域の図書館の本を使ってクイズに挑戦できるような工夫をしています。

(3) 上野公園地区に所在する近隣文化機関との連携イベント
・子どものための秋のおたのしみ会
　では、次に上野公園地区に所在する近隣文化機関との連携イベントです。
　国際子ども図書館は、先ほどもお話ししたように、上野公園内にあり、近隣には上野動物園やコンサートなどが多く開かれる東京文化会館など、多くの文化機関があります。
　そのため、歴史的建造物としての建物の魅力や上野地区および周辺の文化機関との連携を活かして、子どもの本とともに音楽や美術などの文化に親しむ場としてのイベントも行っています。
　その1つが、「子どものための秋のおたのしみ会」です。
　このイベントは、上野動物園と協力し、国際子ども図書館職員による動物に関連する絵本の読み聞かせと、上野動物園の飼育員による講演を行っています。
　例えば、令和4年度のテーマは干支の動物の「トラ」でした。国際子ども図書館職員のわらべうたと絵本の読み聞かせの後、上野動物園の職員の方から、動物園から持ってきていただいたトラの等身大パネルや骨格標本の一部などを用いながら、トラの生態などについて子どもにわかりやすい表現でお話をしていただきました。

1　令和5年度に実施した問題と解答は、以下のページで紹介している。
　　夏休み読書キャンペーン2023< https://www.kodomo.go.jp/event/event/event2023-11.html >

・子どものための音楽会

次に、「子どものための音楽会」です。

令和4年度は、東京文化会館との共催で、「Music Program TOKYO まちなかコンサート～芸術の秋、音楽さんぽ～」の一環として開催しました。子どもが親しみやすい選曲による金管三重奏を2公演行い、演奏終了後、国際子ども図書館職員が絵本の読み聞かせを行いました。

・子どものための絵本と音楽の会

また、令和5年3月には、東京・春・音楽祭実行委員会との共催により、子どものための絵本と音楽の会『クマとこぐまのコンサート』を開催しました。

デイビッド・リッチフィールド（David Litchfield）作・絵、俵万智訳の『クマとこぐまのコンサート』（2021）の絵本の朗読に合わせてピアノ、クラリネット、コントラバスの合奏を行いました。

このように、国際子ども図書館では、国際子ども図書館だけではなく周辺の文化機関と連携しながら、子どもと本のふれあいの場を提供しています。

Ⅲ　学校・学校図書館等支援サービス

それでは、次に、学校・学校図書館等支援サービスについてお話しします。

国際子ども図書館は国立の児童書専門図書館として、図書館等における子どもの読書活動推進に関わる取り組みを支援しています。中でも、学校図書館への支援は、国際子ども図書館の活動支援の大きな柱として位置付けています。

1　小学生以下向け見学の実施

まず、学校・学校図書館等支援サービスの1つとして、小学生以下向け見学の実施があります。

幼稚園・保育園、小学校、特別支援学校を対象に、「館内見学と自由読書」または「おはなし会と自由読書」の組み合わせで見学を行っています。

館内見学では、通常立ち入ることのできない書庫など、国際子ども図書館の見どころを紹介します。書庫内では、集密書架を動かすハンドル回しを子どもたちに体験してもらうこともあります。

おはなし会では参加する生徒の年齢に合わせて、手遊びやわらべうた、絵本の読み聞かせ、ストーリーテリングを行っています。令和4年度は33回実施し、765名の生徒が参加しました。

申込方法など詳しい内容は、国際子ども図書館のホームページ[2]に掲載しておりますので、ご興味のある方はそちらをご参照ください。

2　学校図書館セット貸出し

「学校図書館セット貸出し」は、約40冊を1セットとして、学校図書館等に貸し出すサービスです。

セットは合計16種類あります。本を通じて世界の国々や人々への理解と共感を深められるよう、世界の国・地域に関する資料、現地で親しまれている昔話や絵本など、洋書も含めて幅広い分野の資料で構成した「国際理解」が14種類、そのうち9種類が小学校向けです。そのほか、身近にあるさまざまな事象が科学につながることを知り、科学に関心を持つきっかけと

2　< https://www.kodomo.go.jp/use/tour/child.html >

なるよう、科学の周辺領域の本も含めて集めた「科学」が1種類、「心のバリアも、制度的・物理的なバリアもない世の中にするには」といったことを知る・考えることにつながるように選んだ「バリアフリー」が1種類となっています。

1年度につき4回、全国の学校図書館から申し込みを受け付け、申し込みが多い場合は抽選となります。貸出期間は、各50日間です。令和4年度は、197校に合計8,244点の資料を貸し出しました。

貸し出すセットのリストと資料の解説は、国際子ども図書館のホームページ[3]に掲載しており、また、セットを利用した学校の活用事例も紹介しています。

3　講座・研修

国際子ども図書館では　全国の各種図書館などで児童サービスに従事する図書館員の方々のために講座・研修を行っています。本日の講座もその取り組みの1つで、平成16（2004）年から、国際子ども図書館が広く収集してきた国内外の児童書および関連書を活用し、児童文学を専門に研究されている有識者の方々のご協力のもと実施しています。今年で19回目となります。

また、国立国会図書館の事業として、職員を各地の研修会などに研修講師として派遣する事業を行っています。国際子ども図書館では「児童書の調べ方」「国際子ども図書館の児童サービス」というテーマで、要請に応じる形で職員が各地へ出向き、研修を行っています。

Ⅳ　ホームページでの情報発信

以上、これまで児童および児童サービスに携わる方々への直接的なサービスについてご説明してきました。

国際子ども図書館は、このようなサービスのほかにも、児童書に関する専門的な情報を広く発信するという役割も担っています。

次に、それらホームページでの情報発信についてお話ししていきます。

1　小学生向け

（1）　子どもOPAC

まず、小学生向けの情報発信についてご紹介します。

「子どもOPAC」[4]は、小学生向けインターフェイスによる国際子ども図書館の蔵書検索システムです。国際子ども図書館で所蔵している資料を検索することができます。

この「子どもOPAC」は、館内の「子どものへや」備え付けのパソコンでも、ご自宅のパソコンやスマートフォンからでも使用することができます。

検索経験の少ない子どもたちが無理なく使うことができるように、説明に小学3年生程度を想定した言葉づかいを用いたり、キャラクターを用いた対話型ナビゲートなどの工夫がなされたりしています。

（2）　キッズページ

「キッズページ」[5]は、国立国会図書館の子ども向けホームページです。

3　< https://www.kodomo.go.jp/promote/activity/rent/index.html >
4　< https://kidsopac.ndl.go.jp/ >
5　< https://www.kodomo.go.jp/kids/index.html >

国立国会図書館、国際子ども図書館の紹介や調べものをするときの本の使い方、図書館で使われるいろいろな言葉の説明などを、「子どもOPAC」と同じく小学校中学年程度の子どもが理解できるよう作成したページです。

(3) 年齢に応じた新たなコンテンツの新設

また、国際子ども図書館では、より多くの子どもが読書に親しみ、興味を持った知識や情報を得る手がかりを提供し、情報リテラシーの向上を目指す新たな読書・学習支援コンテンツを準備中です。

小学生向け・中高生向けに、それぞれ調べ学習などに役立つ情報を掲載し、令和5年度末に公開を予定しています[6]。

それに伴って、先ほどご紹介したキッズページも、年度末にはリニューアルを予定しています[7]。

2 児童サービスに従事する大人向け

(1) 「子どもの読書活動推進」ページ

それでは、次に、児童サービスに従事する大人向けの情報発信についてお話しします。

国際子ども図書館のホームページの「子どもの読書活動推進」ページ[8]では、読書活動推進に関するさまざまな情報を提供しています。

国際子ども図書館の活動の基本となる「国際子ども図書館基本計画2021-2025」をはじめ、「研修・交流と関係機関との連携協力」では、海外の図書館や国内のさまざまな機関との連携協力事業について、「国際子ども図書館における実践」では、本日ご紹介したおはなし会や見学、また、6か月以上4歳未満の子どもを対象に行っている「ちいさな子どものためのわらべうたと絵本の会」など、国際子ども図書館が実践している取り組みについて紹介しています。

「子どもの読書に関する情報提供」では、国内外の児童文学賞のニュースなどの情報を、また、「国内の子ども読書活動推進に関する情報」では、国や、都道府県・政令指定都市の自治体・公共図書館が運営する子どもの読書活動推進に関するページを掲載しています。

これらの情報発信が、児童サービスに従事する方々の活動の一助となれば幸いです。

(2) 講座・研修等の配信

情報発信の1つとして、先ほどご説明したこの児童文学連続講座の講義録も、紙媒体での刊行のほかに、国立国会図書館デジタルコレクション上でも、初回分からすべて公開しています[9]。

また、ほかにも、過去に国際子ども図書館が主催した連続講演の一部については動画も公開しています[10]。

(3) リサーチ・ナビ（児童書）

では、最後に、児童サービスに従事する方が「児童書」に関連する情報を調べる際に役立つ

---

6 令和6年3月12日に公開。
「しらべる・まなぶ・よむ」（小学生向け）< https://www.kodomo.go.jp/guide/kids/ >
「調べる・学ぶ・読む」（中学生・高校生向け）< https://www.kodomo.go.jp/guide/ya/ >
7 令和6年3月12日にリニューアル。
国立国会図書館キッズページ < https://www.kodomo.go.jp/kids/index.html >
8 < https://www.kodomo.go.jp/promote/index.html >
9 < https://dl.ndl.go.jp/pid/998628 >
10 連続講演「DX時代の図書館と児童ヤングアダルトサービス」
< https://www.kodomo.go.jp/event/special/dxlecture.html >

サイトをご紹介します。

「リサーチ・ナビ」は、国立国会図書館が提供している「調べ方」を調べるためのサイトです。さまざまな分野の「調べ方」について、職員が有用であると判断した図書館資料、ウェブサイト、各種データベース、関係機関情報を紹介しています。主題や資料の種類などから調べることができます。

国立国会図書館、国際子ども図書館のどちらのホームページからでも「リサーチ・ナビ」のページへ行くことができます。国際子ども図書館ホームページから「リサーチ・ナビ」のページへ行く場合は、トップページの下にある「調べ方案内－児童書（リサーチナビへ）」をクリックしてください。

国際子ども図書館が作成した「児童書」のページでは、日本や外国の絵本・児童書の探し方や絵本作家・画家の調べ方、教科書・教師用指導書の所蔵を調べる方法など、児童サービスに従事する方に有用な情報を提供しています。

なお、これは国立国会図書館全体に係ることなのですが、現在提供している2つの検索サービス「国立国会図書館オンライン」および「国立国会図書館サーチ」を統合・リニューアルし、令和6（2024）年1月に新たなウェブサービス「国立国会図書館サーチ」として公開を予定しております。それに伴い、このリサーチ・ナビの画面もリニューアルを予定しています[11]。

おわりに

以上、国際子ども図書館での小学生向けサービスについて、ご紹介して参りました。

一口に児童の読書に関するサービスに従事するといっても、その規模や置かれている状況など異なる点もたくさんあるかとは思いますが、児童サービスに携わる者として「子どもに本を手渡す」、「子どもの本は世界をつなぎ、未来を拓く」という思いは皆同じだと思います。

国際子ども図書館は、今後も図書館等における子どもの読書活動推進に関わる取り組みをさまざまな形で支援して参ります。

以上で報告を終わります、どうもありがとうございました。

11　令和6年1月5日にリニューアル。
　　国立国会図書館サーチ <https://ndlsearch.ndl.go.jp/>
　　リサーチ・ナビ <https://ndlsearch.ndl.go.jp/rnavi>

幼年童話概論

佐々木　由美子

1　声の文化と文字の文化
　（1）声の文化の衰退
　（2）あわいとしての幼い子の文学
　（3）語ることから生まれたもの

2　幼い子の文学の独自性
　（1）幼い子どもの発想と思考
　　①自己中心性とアニミズム
　　②直感的思考
　　③楽天的世界観
　（2）物語の受容―大人の読み・子どもの読み

3　幼年童話の誕生と変遷
　（1）お伽話期の幼児向け作品
　（2）芸術性と幼年童話
　（3）はっきりとわかりやすく面白いこと
　（4）子どもたちの好きなものとシリーズ
　（5）ひろがる幼年童話

4　幼い子どもたちとともに
　（1）作品のなかで遊ぶことの価値
　（2）世界の豊かさ・あたたかさ
　（3）これ、わたしのお話

おわりに

巻末参考資料（レジュメ・資料リスト）

資料リスト

1	『幼い子の文学（中公新書）』（中央公論社, 1980） 瀬田貞二 著 NDL請求記号：KE177-28（デジタル化）
2	『児童文学とは何か　物語の成立と展開』（中教出版, 1990） 谷本誠剛 著 NDL請求記号：KE177-E11（デジタル化）
3	『幼年文学の世界（エディター叢書）』（日本エディタースクール出版部, 1980） 渡辺茂男 著 NDL請求記号：KE129-28（デジタル化）
4	『子どもと文学』（福音館書店, 1967） 石井桃子 等著 NDL請求記号：909-I583k-h（デジタル化）
5	『子どもとファンタジー　絵本による子どもの「自己」の発見』（新曜社, 1994） 守屋慶子 著 NDL請求記号：FA35-E223（デジタル化）
6	『2歳から5歳まで』（理論社, 1996） コルネイ・チュコフスキー 著, 樹下節 訳 NDL請求記号：FA35-G48
7	『ひとりでよめたよ！幼年文学おすすめブックガイド200』（評論社, 2019） 大阪国際児童文学振興財団 編 NDL請求記号：UP49-M7
8	『こどものことば　2歳から9歳まで』（晶文社, 1987） ぐるーぷ・エルソル 編 NDL請求記号：KF117-33（デジタル化）
9	『おおきな木』（篠崎書林, 1976） シェル・シルヴァスタイン さくえ, ほんだきんいちろう やく NDL請求記号：Y17-5336（デジタル化）
10	巖谷小波「母の膝」『少年世界』1(14)（博文館, 1895） NDL請求記号：Z32-B239（デジタル化）
11	巖谷小波「幼稚園　お花の学校」『幼年画報』1(15)（博文館, 1906） ※NDL所蔵なし
12	巖谷小波「西瓜のたね」『幼年画報』5(11)（博文館, 1911） ※NDL所蔵なし
13	『赤い鳥』1(1)（赤い鳥社, 1918） NDL請求記号：Z32-B339
14	『ちびくろさんぼ（岩波のこどもの本 幼・1・2年向）』（岩波書店, 1953） へれん・ばんなーまん 文, ふらんく・どびあす, 岡部冬彦 絵 NDL請求記号：児933-cB21t（デジタル化）
15	『ながいながいペンギンの話（ペンギンどうわぶんこ）』（宝文館, 1957） いぬいとみこ 著, 横田昭次 絵 NDL請求記号：児913.8-I483n（デジタル化）
16	『エルマーのぼうけん』（福音館書店, 1963） ルース・スタイルス・ガネット さく, わたなべしげお やく, ルース・クリスマン・ガネット 絵 NDL請求記号：児933-cG19e（デジタル化）

17	『ロボット・カミイ』（福音館書店, 1970） 　古田足日 著, ほりうちせいいち 絵 　NDL請求記号：Y7-2039（デジタル化）
18	『もりのへなそうる』（福音館書店, 1971） 　わたなべしげお さく, やまわきゆりこ え 　NDL請求記号：Y7-2870（デジタル化）
19	『いやいやえん』（福音館書店, 1962） 　中川李枝子 著, 大村百合子 絵 　NDL請求記号：児 913.8-N299i（デジタル化）
20	『ぼくは王さま（日本の創作童話）』（理論社, 1961） 　寺村輝夫 著, 和田誠 絵 　NDL請求記号：児 913.8-Te174b（デジタル化）
21	『どうぶつえんができた（日本の創作幼年童話）』（あかね書房, 1968） 　寺村輝夫 著, 和歌山静子 絵 　NDL請求記号：Y7-1251（デジタル化）
22	『こまったさんのスパゲティ（おはなしりょうりきょうしつ）』（あかね書房, 1982） 　寺村輝夫 作, 岡本颯子 絵 　NDL請求記号：Y7-9907
23	『スパゲッティがたべたいよう（ポプラ社の小さな童話）』（ポプラ社, 1979） 　角野栄子 さく, 佐々木洋子 え 　NDL請求記号：Y7-7232（デジタル化）
24	『大どろぼうはケーキやさん（新しい幼年創作童話）』（偕成社, 1984） 　山脇恭 作, 草間俊行 絵 　NDL請求記号：Y8-2140
25	『大どろぼうとあくまのスパゲティ（新しい幼年創作童話）』（偕成社, 1988） 　山脇恭 作, 草間俊行 絵 　NDL請求記号：Y8-5501
26	『大どろぼうはハンバーグ大王（大どろぼうシリーズ）』（偕成社, 1989） 　やまわききょう さく, くさまとしゆき え 　NDL請求記号：Y8-6861
27	『まじょ子どんな子ふしぎな子（学年別こどもおはなし劇場・2年生）』（ポプラ社, 1985） 　藤真知子 作, ゆーちみえこ 絵 　NDL請求記号：Y8-3015
28	『ルルとララのカップケーキ　Maple Street（おはなし・ひろば）』（岩崎書店, 2005） 　あんびるやすこ 作・絵 　NDL請求記号：Y8-N05-H513
29	『おしりたんてい ふめつのせっとうだん（おしりたんていシリーズ. おしりたんていファイル）』（ポプラ社, 2016） 　トロル さく・え 　NDL請求記号：Y8-N16-L563
30	『モテモテおばけチョコレート（ポプラ社の新・小さな童話. おばけマンションシリーズ）』（ポプラ社, 2010） 　むらいかよ 著 　NDL請求記号：Y8-N10-J154
31	『くまの子ウーフ（ポプラ社の創作童話）』（ポプラ社, 1969） 　神沢利子 作, 井上洋介 絵 　NDL請求記号：Y7-1711（デジタル化）
32	『おさるはおさる（どうわがいっぱい）』（講談社, 1991） 　いとうひろし 作・絵 　NDL請求記号：Y18-6214

巻末参考資料（レジュメ・資料リスト）

33	『ももいろのきりん（世界傑作童話シリーズ）』（福音館書店, 1965） 　中川李枝子 著, 中川宗弥 絵 　NDL請求記号：Y7-292（デジタル化）
34	『とりかえっこちびぞう（新しい日本の幼年童話）』（Gakken, 1993） 　工藤直子 さく, 広瀬弦 え 　NDL請求記号：Y8-9807
35	『れいぞうこのなつやすみ（とっておきのどうわ）』（PHP研究所, 2006） 　村上しいこ さく, 長谷川義史 え 　NDL請求記号：Y8-N06-H658
36	『へんてこもりにいこうよ』（偕成社, 1995） 　たかどのほうこ 作・絵 　NDL請求記号：Y9-1557
37	『ちいさいモモちゃん（モモちゃんとアカネちゃんの本）』（講談社, 1974） 　松谷みよ子 著, 菊池貞雄 絵 　NDL請求記号：Y8-N00-172（デジタル化）
38	『レッツとネコさん（まいにちおはなし. レッツ・シリーズ）』（そうえん社, 2010） 　ひこ・田中 さく, ヨシタケシンスケ え 　NDL請求記号：Y8-N10-J682
39	『ともだちはわに（ともだちがいるよ!）』（WAVE出版, 2012） 　村上しいこ 作, 田中六大 絵 　NDL請求記号：Y8-N12-J1080
40	『にんきもののひけつ（にんきものの本）』（童心社, 1998） 　森絵都 文, 武田美穂 絵 　NDL請求記号：Y8-M99-300

幼年童話にみるジェンダー
―育児の描かれ方を中心に―

宮下　美砂子

講義の構成
1　はじめに
2　幼年童話に描かれた「育児」―絵と文章表現
3　先進的な「古典」作品
4　おわりに

1　はじめに
ジェンダーとは　※国連女性機関（UN Women）の定義より
「ジェンダーとは、男性・女性であることに基づき定められた社会的属性や機会、女性と男性、女児と男児の間における関係性、さらに女性間、男性間における相互関係を意味します。こういった社会的属性や機会、関係性は社会的に構築され、社会化される過程において学習されるものです。これらは時代や背景に特有であり、変化しうるものです」

なぜ幼年童話のジェンダーを問題にするのか？
▶幼年童話ならではの問題点
①絵本やYA（ヤングアダルト）に比較してジェンダー面で保守的な作品が多い
②「幼年童話」を受容する時期の特徴
③大人への影響も大きいジャンル（読み聞かせを通して大人も受容することが多い）
▶日本における昨今の重大問題とも関わる
①ジェンダーギャップ
②少子化
⇒子どもを持つと「不幸になりそう」という雰囲気が社会に蔓延している（例）「子育て罰」

幼年童話の「育児」の描写に注目する
・『ひとりでよめたよ！幼年文学おすすめブックガイド200』（大阪国際児童文学振興財団編、評論社、2019年）から選出
・子どもからみた育児が描写されている作品
　「下の子」が育児される様子を「上の子」が見る場面が描かれている作品
⇒読み手の疑似体験

巻末参考資料（レジュメ・資料リスト）

2　幼年童話に描かれた「育児」―絵と文章表現
取り上げる作品
- 『トラベッド』（角野栄子作、スズキコージ絵、福音館書店、1994 年）
- 『ごきげんなすてご』（いとうひろし作・絵、徳間書店、1995 年）
- 『すみれちゃん』（石井睦美作、黒井健絵、偕成社、2005 年）
- 『こたえはひとつだけ』（立原えりか作、みやこしあきこ絵、鈴木出版、2013 年）
- 『あたらしい子がきて』（岩瀬成子作、上原ナオ子絵、岩崎書店、2014 年）

共通する傾向
▶母親―家事・育児に専念するだけの存在
　他の役割は全く与えられず、下の子の世話にかかりきりで上の子に配慮する余裕はない。全員家庭内（私的領域）に留まり社会とのつながりは皆無。手伝いは母の母（祖母）に限定される。
▶父親―家事には関与せず育児は「手伝い」程度
　育児には若干関与しても、入浴、読み聞かせのみ。家事の手伝いどころか自らの身辺自立すらおぼつかない者もいる。基本的に父親の「本分は仕事」（家の外）にあるというスタンス。
▶両親の「育児」を見ている「上の子」
- 「不満」を抱えている。　・父親ではなく特に母親のケアを欲している。
- 「問題行動」を起こして親を困らせる。　・「下の子」を一度は憎む。・全員「女児」⇒将来の母親
- 最後は反省し、姉役割を引き受け一件落着となる。⇒母親役割の継承を暗示させるラストシーン

⇒これらの傾向は、現実の子育て世代の家庭のあり方を写しとっているかのようでもある
　専業主婦の妻は夫の 5 倍以上の家事を負担し、8 割以上の家事を負担している（男女共同参画局「男女共同参画白書 令和 5 年版」より）

3　先進的な「古典」作品
取り上げる作品
松谷みよ子作「モモちゃんとアカネちゃんの本」（菊池貞雄絵、講談社）シリーズから以下の 4 冊
- 『ちいさいモモちゃん』（1964 年）　・『モモちゃんとプー』（1970 年）
- 『モモちゃんとアカネちゃん』（1974 年）　・『ちいさいアカネちゃん』（1978 年）

「先進的」といえる要素
▶古さはありつつ幼年童話の「タブー」を軽やかにぶち壊す
- 不倫、離婚といった扱いにくいテーマを否定的にせず、かといって軽んじることなく丁寧に描く。
⇒家族の多様性
- 血縁や家族関係ではない「外部」からの保育サポートの活用を肯定的に描く。⇒開かれた育児
- 「生」を肯定的、楽観的にとらえる反面、「病」「死」という、避けられない悩みも描かれる。
⇒現実との向き合い方を伝える

4 おわりに

これからの幼年童話

子どもたちが社会化される過程で出会う文化≒幼年童話が、未来のジェンダー不均衡を再生産しないよう、変化を恐れずに努力し続けることは、大人たちの責務。

⇒持って生まれた「性」に規定されない自由で多様な生き方を肯定するような幼年童話がもっと必要（数・種類両面で）。　　★母親役割／父親役割⇒ステレオタイプの見直しから

巻末参考資料（レジュメ・資料リスト）

資料リスト

1	宮下美砂子「幼年文学にみるジェンダー：育児の描かれ方から考える」『日本児童文学』66(4)(648)（日本児童文学者協会, 2020） 　　日本児童文学者協会 編 　　NDL請求記号：Z13-450
2	『ひとりでよめたよ！幼年文学おすすめブックガイド200』（評論社, 2019） 　　大阪国際児童文学振興財団 編 　　NDL請求記号：UP49-M7
3	『ジェンダーの発達心理学』（ミネルヴァ書房, 2000） 　　伊藤裕子 編著 　　NDL請求記号：SB131-G41（ILCL所蔵なし）
4	『お姫様とジェンダー　アニメで学ぶ男と女のジェンダー学入門（ちくま新書）』（筑摩書房, 2003） 　　若桑みどり 著 　　NDL請求記号：EF71-H32（ILCL所蔵なし）
5	『トラベッド』（福音館書店, 1994） 　　角野栄子 さく, スズキコージ え 　　NDL請求記号：Y9-840
6	『ごきげんなすてご』（徳間書店, 1995） 　　いとうひろし さく 　　NDL請求記号：Y9-1302
7	『すみれちゃん』（偕成社, 2005） 　　石井睦美 作, 黒井健 絵 　　NDL請求記号：Y8-N06-H10
8	『こたえはひとつだけ（おはなしのくに）』（鈴木出版, 2013） 　　立原えりか 作, みやこしあきこ 絵 　　NDL請求記号：Y8-N13-L970
9	『あたらしい子がきて（おはなしガーデン）』（岩崎書店, 2014） 　　岩瀬成子 作, 上路ナオ子 絵 　　NDL請求記号：Y8-N14-L85
10	『ちいさいモモちゃん（モモちゃんとアカネちゃんの本）』（講談社, 1974） 　　松谷みよ子 著, 菊池貞雄 絵 　　NDL請求記号：Y8-N00-172（デジタル化）
11	『モモちゃんとプー（児童文学創作シリーズ．モモちゃんの本）』（講談社, 1974） 　　松谷みよ子 作, 菊池貞雄 絵 　　NDL請求記号：Y7-4210（デジタル化）
12	『モモちゃんとアカネちゃん（児童文学創作シリーズ．モモちゃんの本）』（講談社, 1974） 　　松谷みよ子 作, 菊池貞雄 絵 　　NDL請求記号：Y7-4229（デジタル化）
13	『ちいさいアカネちゃん（児童文学創作シリーズ．モモちゃんとアカネちゃんの本）』（講談社, 1978） 　　松谷みよ子 著, 菊池貞雄 絵 　　NDL請求記号：Y7-7101（デジタル化）
14	『現代児童文学作家対談6（いぬいとみこ・神沢利子・松谷みよ子）』（偕成社, 1990） 　　神宮輝夫 著 　　NDL請求記号：KG411-E5（デジタル化）
15	『子どもの国の太鼓たたき』（すばる書房, 1976） 　　上野瞭 著 　　NDL請求記号：KE177-12（デジタル化）

子どもの人間形成と幼年童話

米川　泉子

　幼年童話は、幼児教育の分野ではどのように考えられているでしょうか。幼児教育の実践の現場では、4・5歳のクラスで先生が幼年童話を毎日一話ずつ読み聞かせをする、そのような経験を積み重ねるなかで劇遊びにつながっていくなどの活動がよくみられます。また、家庭では、幼年童話のお話そのものを楽しむ一方で、読み書きを覚えるため、何かを身につけるための道具や手段として、つまり「教材」として捉えられることも多いようです。このような幼年童話の状況は、アメリカでも同様に指摘されています。幼年童話はアメリカでは"Chapter Books"や"Early Reader"などのカテゴリー名で呼ばれ、アーノルド・ローベルの「がまくんとかえるくんシリーズ」を代表とするハーパーコリンズ社のI can readシリーズなどがよく知られています。アメリカでの幼年童話の出版状況は盛況ですが、「本物の」読書に子どもをつなぐためのレベルに沿って過渡的に消費するものとして、また、識字教育や読書指導に用いる実用主義的なものとして幼年童話が捉えられてきたことが指摘されています。

　しかし、道具、手段としての価値、つまり「教材」的な価値は、幼年童話の側面のひとつです。子どもは幼年童話を読むことが楽しく、面白いと思うので、手に取るだけです。このように楽しく面白い活動のことを、教育学では「遊び」と呼びます。この「子どもが幼年童話を読むことを楽しんでいる」というシンプルな事実から、子どもにとって幼年童話はその年齢に沿った魅力的な「遊び」のひとつであることが見えてきます。そこで本講義では、教育哲学の観点から、幼児教育の特徴のひとつである「遊び」という概念に着目して、この時期の子どもが幼年童話を読むことには、一体どのような意味があるのか考えていきたいと思います。幼年童話など物語の世界で子どもが遊ぶとき、「教材」的な価値に汲みつくされない人間形成上の意義が認められるとすれば、それはいったい何でしょうか。

巻末参考資料（レジュメ・資料リスト）

はじめに

Ⅰ 「遊び」を通した人間形成
　1　近代の幼児教育思想の2つの極
　2　「労働」と「遊び」

Ⅱ 有用性という観点からみた幼年童話
　1　幼年童話の状況
　2　「教材」的な価値としての幼年童話―アーノルド・ローベル「おてがみ」から

Ⅲ 物語と人間形成
　1　マーサ・C・ヌスバウムの「物語的想像力」
　2　「おてがみ」の再検討

Ⅳ 幼年童話と人間形成
　1　一人読みの始まりの場所としての幼年童話―「ひとりきり」

おわりに

巻末参考資料（レジュメ・資料リスト）

資料リスト

1	*The Early Reader in Children's Literature and Culture*, Routledge, 2018 Jennifer Miskec, Annette Wannamaker ※NDL所蔵なし
2	『西洋教育思想史 第2版』（慶應義塾大学出版会, 2020） 眞壁宏幹 編 NDL請求記号：FA5-M8（ILCL所蔵なし）
3	『「教育」の誕生』（藤原書店, 1992） フィリップ・アリエス [著], 中内敏夫, 森田伸子 編訳 NDL請求記号：GA39-E17（デジタル化）
4	『よい教育とはなにか：倫理・政治・民主主義』（白澤社, 2016） ガート・ビースタ 著, 藤井啓之, 玉木博章 訳 NDL請求記号：FA1-L142（ILCL所蔵なし）
5	『幼児理解の現象学　メディアが開く子どもの生命世界（幼児教育 知の探究）』（萌文書林, 2014） 矢野智司 著 NDL請求記号：FC32-L305（ILCL所蔵なし）
6	『ふたりはともだち（ミセスこどもの本）』（文化出版局, 1972） アーノルド・ローベル 作, 三木卓 訳 NDL請求記号：Y17-3887（デジタル化）
7	宮川健郎「かえるくんの手紙は,「素晴らしい」か - アーノルド・ローベル「お手紙」を読む」『日本文学』44(1)（日本文学協会, 1995） 日本文学協会 編 NDL請求記号：Z13-438（ILCL所蔵なし）
8	『経済成長がすべてか？　デモクラシーが人文学を必要とする理由』（岩波書店, 2013） マーサ・C. ヌスバウム [著], 小沢自然, 小野正嗣 訳 NDL請求記号：FA51-L12（ILCL所蔵なし）
9	*POETIC JUSTICE The Literary Imagination and Public Life*, Beacon Press, 1996 Martha C. Nussbaum ※NDL所蔵なし
10	『マザーグース・コレクション100』（ミネルヴァ書房, 2004） 藤野紀男, 夏目康子 著 NDL請求記号：KS124-H13
11	『ハード・タイムズ』（英宝社, 2000） チャールズ・ディケンズ 著, 山村元彦, 竹村義和, 田中孝信 共訳 NDL請求記号：KS154-G329（ILCL所蔵なし）
12	『ふたりはいつも（ミセスこどもの本）』（文化出版局, 1977） アーノルド・ローベル 作, 三木卓 訳 NDL請求記号：Y17-5296
13	『ふたりはきょうも（ミセスこどもの本）』（文化出版局, 1980） アーノルド・ローベル 作, 三木卓 訳 NDL請求記号：Y17-7174
14	*Frog and Toad : The Complete Collection*, HarperCollins, 2016 Arnold Lobel ※NDL所蔵なし
15	*Arnold Lobel*, Twayne, 1989 George Shannon NDL請求記号：KS223-A11（ILCL所蔵なし）

巻末参考資料(レジュメ・資料リスト)

| 16 | Teya Rosenberg, "Arnold Lobel's Frog and Toad Together as a Primer for Critical Literacy" in *The Oxford Handbook of Children's Literature*, Oxford University Press, 2011
　edited by Julia L. Mickenberg and Lynne Vallone
　NDL請求記号：YZ-B2382 |

巻末参考資料(レジュメ・資料リスト)

幼年童話人気シリーズに学ぶ
子どもの心のとらえ方、ひろげ方

藤本　恵

1. 幼年童話の歴史と評価

　日本の児童文学のなかに幼年童話がどのようにして登場し、評価されてきたのかをたどります。1980年前後に増えるエンターテインメント系の幼年童話が、子ども読者に支持される一方で、大人の児童文学者から批判されがちだった状況を紹介します。

　（1）童話・童謡ブームから幼年童話へ
　（2）幼年童話の展開
　（3）エンターテインメント幼年童話への批判

2. 「まじょ子」のかく乱

　「まじょ子」シリーズ（藤真知子、ポプラ社）の初期を追います。1985年から2018年まで長く続くシリーズの基盤はどのように築かれたのでしょうか。小学校低学年の子どもたちに向けた語りの試行錯誤や、日常や常識をくつがえしていくナンセンスやユーモアの効果を探ります。

　（1）大人から子どもへ、手渡された語り
　（2）結婚って、なに？
　（3）かわいいのは、だれ？

3. 「小さなおばけ」の成長

　「小さなおばけ」シリーズ（角野栄子、ポプラ社）に登場する三人のおばけアッチ・コッチ・ソッチのうち、アッチの1980年代を追います。アッチは、葛藤や孤独を感じる内面を持つ登場人物です。そのアッチが成長していく長編物語として、シリーズを読みなおしてみます。

　（1）アッチとえっちゃん
　（2）アッチの成長と孤独
　（3）ヒーローとしてのアッチ

資料リスト

1	『赤い鳥』1(1)(赤い鳥社, 1918) 　NDL請求記号：Z32-B339
2	『泣いた赤おに　三・四年ぎんのすず学級文庫』(広島図書株式会社, 1949) 　浜田広介, 黒崎義介(画) 　NDL請求記号：VZ3-30387（デジタル化）
3	『ひろすけ童話選集 5』(講談社, 1950) 　浜田広介 著, 茂田井武 等絵 　NDL請求記号：児913.8-H138h2（デジタル化）
4	『日本児童文学全集 4（童話篇 4）』(河出書房, 1953) 　NDL請求記号：児918.6-N691（デジタル化）
5	『少国民文化論』(国民図書刊行会, 1945) 　日本少国民文化協会 編 　NDL請求記号：909-N77 ウ（デジタル化）
6	『子どもと文学（中央公論文庫）』(中央公論社, 1960) 　石井桃子 等著 　NDL請求記号：909-I583k（デジタル化）
7	『ながいながいペンギンの話（ペンギンどうわぶんこ）』(宝文館, 1957) 　いぬいとみこ 著, 横田昭次 絵 　NDL請求記号：児913.8-I483n（デジタル化）
8	『ぼくは王さま（日本の創作童話）』(理論社, 1961) 　寺村輝夫 著, 和田誠 絵 　NDL請求記号：児913.8-Te174b（デジタル化）
9	『いやいやえん』(福音館書店, 1962) 　中川李枝子 著, 大村百合子 絵 　NDL請求記号：児913.8-N299i（デジタル化）
10	『ちいさいモモちゃん』(講談社, 1964) 　松谷みよ子 著 　NDL請求記号：Y7-69（デジタル化）
11	『くまの子ウーフ（ポプラ社の創作童話）』(ポプラ社, 1969) 　神沢利子 作, 井上洋介 絵 　NDL請求記号：Y7-1711（デジタル化）
12	『現代日本の児童文学（家庭文庫）』(評論社, 1974) 　神宮輝夫 著 　NDL請求記号：Y82-1068
13	『日本児童文学』26(14)(309)(日本児童文学者協会, 1980) 　日本児童文学者協会 編 　NDL請求記号：Z13-450（デジタル化）
14	『日本児童文学』31(12)(373)(日本児童文学者協会, 1985) 　日本児童文学者協会 編 　NDL請求記号：Z13-450（デジタル化）
15	『まじょ子どんな子ふしぎな子（学年別こどもおはなし劇場・2年生）』(ポプラ社, 1985) 　藤真知子 作, ゆーちみえこ 絵 　NDL請求記号：Y8-3015

16	『まじょ子のこわがらせこうかんにっき（学年別こどもおはなし劇場・2年生）』（ポプラ社, 1988） 藤真知子 作, ゆーちみえこ 絵 NDL請求記号：Y8-5191
17	『まじょ子のすてきなおうじさま（学年別こどもおはなし劇場・2年生）』（ポプラ社, 1989） 藤真知子 作, ゆーちみえこ 絵 NDL請求記号：Y8-6206
18	『いたずらまじょ子とかがみのくに（学年別こどもおはなし劇場・2年生）』（ポプラ社, 1989） 藤真知子 作, ゆーちみえこ 絵 NDL請求記号：Y8-6624
19	『スパゲッティがたべたいよう（ポプラ社の小さな童話）』（ポプラ社, 1979） 角野栄子 さく, 佐々木洋子 え NDL請求記号：Y7-7232
20	『アッチのオムレツぽぽぽぽ～ん（ポプラ社の小さな童話．角野栄子の小さなおばけシリーズ）』（ポプラ社, 1986） 角野栄子 さく, 佐々木洋子 え NDL請求記号：Y8-3334
21	『おこさまランチがにげだした（ポプラ社の小さな童話．角野栄子の小さなおばけシリーズ）』（ポプラ社, 1987） 角野栄子 さく, 佐々木洋子 え NDL請求記号：Y8-4946
22	『児童文学と文学教育（児童文学研究シリーズ）』（牧書店, 1965） 鳥越信 著 NDL請求記号：375.8-To547z（デジタル化）
23	『幼年期の子どもと文学』（国土社, 1981） 安藤美紀夫 著 NDL請求記号：KE129-29（デジタル化）
24	『幼年童話論ノート』（金壽堂出版, 2003） 藤本芳則 著 NDL請求記号：KG411-H26
25	『ひとりでよめたよ！幼年文学おすすめブックガイド200』（評論社, 2019） 大阪国際児童文学振興財団 編 NDL請求記号：UP49-M7
26	『新児童文学理論』（東宛書房, 1936） 槙本楠郎 著 NDL請求記号：710-106（デジタル化）
27	『児童文学概論』（牧書店, 1963） 福田清人, 滑川道夫, 鳥越信 編 NDL請求記号：909-H766z（デジタル化）
28	『だれも知らない小さな国』（講談社, 1959） 佐藤暁 著, 若菜珪 絵 NDL請求記号：児913.8-Sa867d（デジタル化）
29	『お姫様とジェンダー　アニメで学ぶ男と女のジェンダー学入門（ちくま新書）』（筑摩書房, 2003） 若桑みどり 著 NDL請求記号：EF71-H32（ILCL所蔵なし）
30	『グリム童話の悪い少女と勇敢な少年』（紀伊国屋書店, 1990） ルース・ボティックハイマー [著], 鈴木晶 [ほか] 共訳 NDL請求記号：KE178-E14（デジタル化）
31	『グリム童話　その隠されたメッセージ』（新曜社, 1990） マリア・タタール 著, 鈴木晶 ほか訳 NDL請求記号：KS357-E10（デジタル化）

巻末参考資料（レジュメ・資料リスト）

国際子ども図書館の小学生向けサービス

小平　志保

Ⅰ．国際子ども図書館の紹介
　1．国際子ども図書館について
　2．国際子ども図書館の役割
　　　・児童書専門図書館としての役割
　　　・子どもと本のふれあいの場としての役割
　　　・子どもの本のミュージアムとしての役割

Ⅱ．子どもの成長段階に応じた館内サービス
　1．子どものへや・世界を知るへや
　　　① 子どものへや
　　　② 世界を知るへや
　2．小学生を対象としたイベント
　　　① 定例イベント
　　　　・子どものためのおはなし会
　　　② 季節のイベント
　　　　・こどもの日おたのしみ会
　　　　・夏休み読書キャンペーン
　　　③ 上野公園地区に所在する近隣文化機関との連携イベント
　　　　・子どものための秋のおたのしみ会
　　　　・子どものための音楽会
　　　　・子どものための絵本と音楽の会

Ⅲ．学校・学校図書館等支援サービス
　　　① 小学生以下向け見学の実施
　　　② 学校図書館セット貸出し
　　　③ 講座・研修

Ⅳ．ホームページでの情報発信
　1．小学生向け
　　　① 子どもOPAC
　　　② キッズページ
　　　③ 年齢に応じた新たなコンテンツの新設
　2．児童サービスに従事する大人向け
　　　①「子どもの読書活動推進」ページ
　　　② 講座・研修等の配信
　　　③ リサーチ・ナビ（児童書）

The World of Chapter Books: Listen, Read and Jump into the Story
Transcript of the ILCL Lecture Series on
Children's Literature, 2023

Contents

Foreword	UWABO Yoshie	1
Introductory Notes		2
Contents		3
Lecture Programs		4
About the Speakers		5
Introduction	FUJIMOTO Megumi	7
Introduction to Chapter Books	SASAKI Yumiko	9
Gender Stereotypes in Chapter Books: Child Care and Gender Roles	MIYASHITA Misako	29
Not for Literacy: *Bildung* through Chapter Books in Early Childhood	YONEKAWA Motoko	45
Appeal and Added Depth of Chapter Book Best Sellers	FUJIMOTO Megumi	57
ILCL Services for Elementary School Students	KODAIRA Shiho	69
Reference Materials		77

令和5年度国立国会図書館国際子ども図書館児童文学連続講座講義録
「幼年童話の可能性―聞いて、読んで、物語の世界へ―」

令和6年9月15日　発行　　　　　　　　定価：2,090円（本体価格1,900円）

発行	国立国会図書館
編集	国立国会図書館国際子ども図書館
	〒110-0007　東京都台東区上野公園 12-49
	電話　03-3827-2053　FAX　03-3827-2043
発売	公益社団法人日本図書館協会
	〒104-0033　東京都中央区新川 1-11-14
	電話　03-3523-0812　FAX　03-3523-0842
印刷	株式会社　丸井工文社
	〒108-0073　東京都港区三田 3-11-36

JLA202483　ISBN 978-4-87582-932-4　C0491　¥1900E

　本誌に掲載された記事を全文又は長文にわたり抜粋して転載する場合は、事前に国立国会図書館国際子ども図書館企画協力課協力係にご連絡ください。

　本誌のPDF版を国立国会図書館デジタルコレクション（＊）で御覧いただけます。なお、訂正があった場合は、国立国会図書館デジタルコレクションに掲載いたします。

　（＊）「国際子ども図書館児童文学連続講座講義録」<https://dl.ndl.go.jp/pid/998628>